왜
내 사랑만
아픈 걸까요?

이정희 에세이

청어

왜 내 사랑만 아픈 걸까요?

이정희지음

발행처 · 도서출판 청어
발행인 · 이영철
영 업 · 이동호
홍 보 · 최윤영
기 획 · 천성래 | 이용희
편 집 · 방세화
디자인 · 김바라 | 서경아
재작부장 · 공병한
인 쇄 · 두리터

등 록 · 1999년 5월 3일
(제321-3210000251001999000063호)

1판 1쇄 인쇄 · 2016년 6월 20일
1판 1쇄 발행 · 2016년 6월 30일

주소 · 서울특별시 서초구 효령로55길 45-8
대표전화 · 02) 586-0477
팩시밀리 · 02) 586-0478

홈페이지 · www.chungeobook.com
E-mail · ppi20@hanmail.net
ISBN · 979-11-5860-420-2(03810)

이 도서의 국립중앙도서관 출판시도서목록(CIP)은 서지정보유통지원시스템 홈페이지
(http://seoji.nl.go.kr)와 국가자료공동목록시스템(http://www.nl.go.kr/kolisnet)에서 이용하
실 수 있습니다.(CIP제어번호: CIP2016012249)

왜
내 사랑만
아픈 걸까요?

작가의 말

따뜻한 햇살이 너무 좋은 날 책장을 정리하다 조금은 낡은 듯한 노트 한 권이 눈에 들어왔습니다. 노트를 펼쳐보니 그전에 한 장 한 장 적었던 나의 시간들이었습니다. 천천히 다시 읽어보니 '이때는 내가 이랬구나' 가물거리는 기억들이 조금씩 되살아나네요.

그때는 나만 혼자 힘들다고 비련의 주인공처럼 이 세상의 슬픔은 다 나한테만 온다고 생각했던 거 같아요. 지금 생각하면 그냥 피식 웃음만 나오네요. 아마도 그만큼 시간이 많이 흘렀나봐요.

이젠 한 남자의 아내로, 한 아이의 엄마로, 나의 소중함을 알게 해주는 가족이 있어 웃을 수 있는 지금 이 시간이 너무 행복합니다.

　어찌 보면, 보잘 것 없는 이야기들인데도 너무 이쁘고 소중하게 만들어 주신 청어출판사 가족들에게도 다시 한 번 감사한 마음 고개 숙여 인사드립니다.

1.

누군가 내게 묻습니다.
사는 게 재미있냐고!

누군가 내게 묻습니다.
살면서 웃는 날이 며칠이나 되냐고!

누군가 내게 묻습니다.
계속 살아갈 자신이 있냐고!

무슨 말을 할까하다 조심스레 말해봅니다.
사는 데는 이유가 없는 거라고!

누구나 다 힘들고 아프지만 그래도 그 속엔 많은 웃음
이 있어 웃을 수 있고 그 속에 살고 있기에 사랑도 할 수
있는 거라고!

세상에서 제일 행복한 사랑이란 아무 이유 없이 웃을
수 있고 사랑하는 사람이고 그런 사람들과 함께 살아가
는 나 역시 이 세상에서 가장 행복한 사람이라고!

　　그게 바로 내가 사는 이유라고!

2.

누군가를 생각하는 게 이렇게 가슴 아픈 일인 걸까?

가슴이 아려온다.

가슴이 쓰려온다.

그냥 바라보는 걸로 인사 한마디 하는 걸로 그러면 된
다고 혼자 다독였는데 사람 욕심은 끝이 없나보다.

하지만 이젠 여기까지인 것 같다.

더 이상은 내가 버거워지려 한다.

그냥 이렇게 볼 수 있고, 인사할 수 있는 걸로 만족하면
서 모든 걸 여기서 접어야만 할 것 같다.

내 가슴이 더 아파오기 전에……

3.

나 가끔은 생각나는 사람이 있습니다.

그 사람은 아니라고 아닐 거라고 믿었습니다.

근데 나 그 사람을 생각하면 괜시리 맘 한쪽이 아파옵
니다.

아니라고 안 된다고 머릿속에선 다 정리를 했지만, 나
그래도 가끔은 그 사람이 그립습니다. 아름다운 추억이
될 수 없다는 걸 알면서도, 나 그래도 그 사람이 기다려
집니다. 나 혼자만이 많이 아프고 내 가슴에만 상처가 된
다 해도, 나 그래도 그 사람이 그립습니다.

옛날 앨범처럼 웃으면서 볼 수 는 없겠지만 아픈 기억
만 남아있어 볼 때마다 눈물이 나는 앨범이 될지라도, 나
그래도 가끔은 그 사람을 그리워하며 살고 싶습니다.

4.

내게는 연인이라는 말보다 친구라는 말이 더 잘 어울리는 그런 친구가 필요할 뿐입니다. 사랑이라는 말보다 의리라는 말이 더 잘 어울리는 그런 친구가 필요할 뿐입니다.

술 취한 채 전화해서 아무 때나 불러내도 짜증내지 않고 나와 주고, 내 흐트러진 엉망인 모습을 보여도, 내가 창피하다는 생각을 안 해도 되는, 부담스럽지 않은 그런 친구가 필요할 뿐입니다.

힘들 때나 외로울 때, 때론 울고 싶을 때, 아무 말 없이 내 옆에서 어깨를 빌려줄 수 있는 그런 친구가 필요 할뿐입니다.

나 조심스레 맘속으로 혼자 말해봅니다.
그런 친구가 너였으면 좋겠다고요.
그리고 나 역시도 너에게 그런 친구이고 싶다구요.
나의 이런 모든 바램 이 오늘 하루뿐인 꿈일지라도요.

5.

언제부터인가 늘 내 가슴속엔 한 사람이 자리하고 있습니다.

나 그 사람만 생각나면 나도 모르게 웃음이 나옵니다. 하지만 슬프게도 그 사람에겐 그저 친한 후배 친한 동생일뿐입니다. 생각나서 전화하면 반가워하고 언제나 밥 먹자 술 먹자 빨리 오라고 말해주는 그런 사람입니다. 여럿이 모인 자리에서도 항상 먼저 챙겨주고, 다음날 문자 주는 그런 사람입니다. 그런 그 사람이 언제부터인지 내 맘속에 사랑이란 이름으로 자리를 잡아가고 있었습니다.

사랑이 아니라고, 이 사람만은 사랑이 되어서는 안 된다고 간절히 바랐지만 그렇게 사랑이 되어버린 그런 사람입니다. 다른 사람은 다 속일 수 있어도 내 자신만큼은 속일 수 없는 게 사랑인 것 같습니다.

6.

　나도 모르게 많은 시간이 흘러간 듯 가슴 한구석이 텅 빈 듯이 허전하네요.

　많은 사람들도 만나고 많은 일도 해오면서 내 나름 뿌듯함도 느끼고 웃었던 때도 있었습니다. 때론 내가 무얼 바라는지도 모른 채 그냥 무작정 앞만 보면서 달려오기만 했을 뿐, 내 옆에 뭐가 있었는지 내 뒤엔 뭐가 있는지 생각조차 할 겨를도 없이 여기까지 와 버렸네요.

　언제쯤 끝날까?

　언제쯤 쉴 수 있을까?

　이제는 힘들다는 생각도 했습니다.

　내 주위에 행복이란 큰 나무가 있었는데도, 등을 기대고 편히 쉴 수 있는데도, 한 번도 그 나무는 보지 못했네요. 지금 와서 이제 좀 쉬어볼까 앉았는데, 가슴에 밀려오는 이 공허함은 무엇일까요?

　아무래도 나 그동안 너무 많은 걸 놓치면서 살아왔나 봅니다.

7.

고맙습니다!
당신을 만나게 해줘서요.

고맙습니다!
아주 잠시였지만 나란 아이를 보고 먼저 다가와 손 내밀어 줘서요.

고맙습니다!
내가 힘들 때, 나 외로워 할 때, 언제나 당신 옆자리를 내어주고 잠깐 동안 이라도 쉬어 가게 해줘서요.

고맙습니다!
아픈 기억들을 그리움으로 만들게 해줘서요.

고맙습니다!
내가 울고 싶을 때마다 늘 웃는 모습을 보여줘서요.

고맙습니다!
잠시였지만 혼자라는 생각을 잊게 해줘서요.

고맙습니다!
당신이 떠나기 전에 내게 따뜻한 사랑을 알려줘서요.

근데요, 나 욕심인 걸 알지만 그래도 저 부탁하나만 해도 될까요?
나 아주 잠깐 동안만 당신 옆에 누워서 그전처럼 파란 하늘, 하얀 구름 조금만 보고 갈게요.

부르고 또 불러도 아무 대답 없는 내 사랑아!

8.

아픈 걸 알면서도 나 시작했습니다.

많은 눈물이 필요할 거라는 걸 알면서도 나 시작했습니다.

힘들 거라고 나의 착각이란 걸 알면서도 나 시작했습니다.

왜냐면요.

그 사람만이 내 가슴 안에 있고, 그 사람만이 내가 살아가는 이유라서, 이 길이 멀고 먼 길이라는 걸 알면서도 나 시작했습니다. 나중에 아주 나중에라도 후회라는 걸 하면서 울고 있는 내가 될까봐 겁도 나지만 나 그래도 시작해 보렵니다.

9.

무슨 말을 해야 할지 모르겠습니다.

내 앞에서 웃고 있는 그 사람을 보면서 설렘보단 눈물이 먼저 나오려 합니다. 그 사람과 같이 있음 가슴 한쪽이 이 세상의 무슨 말로 표현해야 할지 모를 만큼 먹먹하기만 합니다. 멀리서 오는 모습을 보면 일부러 멀리 돌아가면서 내 맘과 다르게 피하기도 했습니다. 어쩔 수 없이 부딪치게 되면 일부러 무심한 척 눈도 마주치지 않으려고 딴 짓도 많이 했습니다. 피한다고 피해지는 것도 아니고 언제쯤 아프지 않게 될지는 모르지만, 나 조금만 더 시간이 필요할 뿐이라고, 조금만 더 견디면 될 거라고 스스로 위로했습니다.

그 사람을 보면 많이 설레기도 했지만 그만큼 많이 아프기도 했습니다.

그 사람을 보면 많이 행복했지만 그만큼 많이 아프기도 했습니다.

그 사람을 보면 많이 아파도 견뎌야하고 무작정 걸어온

길이기에, 내가 이겨내야 한다는 것도 잘 알고 있습니다. 그래도 그만큼 힘든데도 나 견딜 수 있었던 건, 언젠가는 웃으면서 볼 수 있다는 작은 희망이 있기에, 나 바보 같지만 그래도 오늘 하루도 웃으면서 살아갈 수 있나봅니다.

10.

지금 와서 무슨 말을 한들 다 부질없다는 걸 알면서, 지금은 너무 늦었다는 걸 알면서, 끝까지 말하려고 한 번 더 말해보려 하는 내가 참 서럽습니다. 가던 길을 잊어버려서 갈팡질팡 하는 내 모습이 어디로 가야 되는지, 누구에게 물어봐야 되는지, 이리저리 두리번거리는 내 모습이 참 서럽습니다. 잘 웃고 잘 울던 내가 예전에 그러했던 내가 그때의 내 모습을 못 찾을까봐, 영영 잊어버리고 말까봐, 웃지도 울지도 못 하는 내 모습이 참 서럽습니다.

옷깃만 스쳐도 인연이라 하는데, 이렇게 옆에 있는데도 인연이 될 수 없다는 걸 알고, 맘속으로 그리워하고, 맘속에서만 말하고, 한마디도 할 수 없는 내가 참 서럽습니다. 좋아한다는 말, 사랑 한다는 말, 늘 내 옆에서 있을 것이라는 그 다짐들이 허물어져 버리고, 그래서 힘들어하고 울고 있는 내 모습이, 그런 모습을 보고 있어야만 하는, 내 모습이 참으로 서럽습니다.

11.

하얀 드레스를 입은 신부와 그 옆에 턱시도를 입고 서 있는 두 사람의 모습을 보면서 난 왜 눈물이 나는 걸까?

오늘은 왠지 내가 무척이나 작게 느껴집니다.

너의 전화번호, 너의 사진들, 너와 함께 했던 기억들을 이젠 하나씩 지워가야 할 것 같은데, 어찌 지워야 할지 모르겠습니다. 생각보다 너무 많이 아플 것 같습니다. 생각보다 너무 많이 울어야 할 것 같습니다. 너를 알게 돼서 아파해야 하는 날도 많았지만 그만큼 웃을 수 있었던 시간도 많았습니다.

나 한참 동안은 웃는 게 힘들지도 모르겠습니다.

나 너와의 시간을 추억으로 만들기엔 많은 시간이 필요할지도 모르겠습니다. 하지만 후회는 안 합니다. 너 때문에 많이 아프기도 했지만, 너 때문에 웃는 일도 많았습니다. 나 이제 너에게 배운 인사를 해야겠네요. 나에게 좋은 시간 좋은 추억 많이 만들어줘서 너에게 정말 고맙습니다.

12.

너를 다 이해 한다고 말했습니다.

내 걱정일랑 하지 말라 말했습니다.

난 건망증이 심해 금방 잊을 거라고 말했습니다.

난 원래 쿨한 아이라고, 너도 알고 있지 않냐고 말했습니다.

근데 지금에서야 생각이 납니다. 너무 많이 쿨하지 말 걸 그랬구나!

내 가슴속에 남아 있는 너가 했던 말들을 따라해 봅니다.

너가 했던 말들 너가 했던 행동들 이제야 익숙해지기 시작했는데, 이젠 힘들지만 모두 다 쿨하게 잊어야 하고, 쿨하게 털어버려야 하나 봅니다. 지금 이 순간 모든 것이 다 악몽을 꾸고 있는 거라고 난 그럴 거라고 바랐습니다. 이 악몽이 깨면 모든 게 제자리로 돌아 갈 것만 같습니다. 하지만 악몽은 쉽게 깨지는 것이 아닌가 봅니다.

나 지금에 와서야 너에게 말하지 못했던 걸 후회합니다.

내 맘도 가끔은 아플 때가 있는 거라고, 나 그렇게 쿨하지 만은 않다고……

13.

그냥 스치는 인연이 아니길 바라봅니다.

보잘 것 없는 인연이란 없는 거지만 그냥 크지는 않아도 그냥 스치는 인연은 아닐 거라고 바라봅니다. 생각해 보면 인연이란 건 알 수 없는 수수께끼인 거 같습니다. 눈 뜨면 설렘에 살며시 웃음 짓게 만들고, 눈 감을 땐 아쉬움에 살며시 웃음 짓게 만드는 그런 게 인연인 것 같습니다. 때로는 놓고 싶지 않아도 놓아야만 하는 게 그런 게 인연인 것 같습니다.

아무도 가르쳐 주지 않고, 가르쳐달라 해도 답을 알 수 없는 게, 그런 게 인연인 것 같습니다. 떠돌아다니는 구름처럼 언젠가는 만나게 되지만 때론 평행선처럼 비껴가는 게 그런 게 인연인 것 같습니다. 가슴 시리고 목이 메일 만큼 눈물 나게 아픈 인연도 있고, 가슴 벅차도록 아름답고 설레이는 인연도 있는 것처럼, 우리가 살고 있는 인연도 그런 것 같습니다. 우리가 매번 반복하고 만나고 헤어지는 것처럼 그런 게 인연인 것 같습니다.

14.

예전엔 모두가 내 편이 아니라 생각했습니다.

하지만 이젠 알 것 같습니다. 내 편이 아니라고 혼자 힘들어 할게 아니라 내가 먼저 그 사람의 편이 되어주어야 한다는 걸요.

예전엔 너무 외롭다고만 생각했습니다.

하지만 이젠 알 것 같습니다. 외롭다고 투정부릴게 아니라 외로움도 내가 알아가고, 내가 풀어가야 하는 숙제인 것 같습니다. 끝날 걸 생각하면서 정말 많이도 울었던 것 같습니다.

하지만 이젠 알 것 같습니다.

끝을 생각하면서 울고 있기보다는 우선 다가올 내일을 먼저 생각해야 하는 거였습니다. 그동안 나 너무 바보같이 살아왔나 봅니다. 그동안 나 너무 힘들다고만 생각했던 것 같습니다. 이제 나 나에게 낯설고 어색하겠지만 한번 웃어볼까 합니다.

나 이제 조금은 알 것 같습니다.

조금은 오래 걸린다 하더라도 모든 건 내 안에 있다는
걸요. 조금은 어리석고 모든 게 서툰 나지만 나 이제 조
금은 웃을 수 있을 것 같습니다.

15.

　가지 말라는 말은 하지 않았습니다.

　내 하나 남은 자존심 때문에 나 바보처럼 그 사람을 보내고 말았습니다.

　혹시나 나를 찾아오지는 않을까?

　혹시나 나를 그리워하지는 않을까?

　가끔은 우연이라도 한번쯤 만나지는 않을까?

　누군가를 좋아하는 게 내가 겪어보니 가슴에 봄바람처럼 살랑거리기도 하고, 겨울바람처럼 차갑고 맘이 많이 시리기도 하네요. 침을 삼키지 못할 만큼 가슴이 아프다가도 모든 걸 다 집어던지고 싶을 만큼 화가 나기도 합니다.

　이제 다시는 사랑 같은 건 안한다고 다짐해 놓고도 우습지만 나도 모르게 또다시 시작을 합니다. 그렇게 시간이 흐르면 언젠가는 마지막도 있을 거라고 또다시 허탈하게 웃어봅니다. 가슴 벅찬 사랑도 하면서, 가슴 쓰린 사랑도 하면서, 오늘도 이렇게 난 또 하나의 추억을 만들어 갑니다.

16.

내 머릿속에 늘 맴도는 이름 하나가 있습니다.

내 가슴속에서 아프게 떠다니는 이름 하나가 있습니다.

생각하면 나도 모르게 웃음 지어지는 이름 하나가 있습니다.

그 어떤 것보다도 행복하고 소중히 하고 싶은 이름 하나가 있습니다.

지금껏 한 번도 내 이름을 불러주지 않아도 미워할 수 없는 이름 하나가 있습니다.

듣기만 해도 가슴이 콩당콩당 뛸 만큼 좋은 그런 이름 하나가 있습니다.

시간이 지나도 변치 않을 거라고 마음속에 고이고이 접어둔 이름 하나가 있습니다.

한번은 부르고 싶은데 그게 언제가 될지는 모르겠습니다.

항상 혼자서 속으로만 부르면서 한번쯤은 날 봐줄 거라고 믿었습니다.

그리고 잘 참을 수 있다고 생각했습니다.

근데 생각보다는 많이 아픈 일이네요.

언젠가는 부르고 싶은 그 이름 내 가슴속에 남아있는
그 이름 오늘도 변함없이 마음속으로만 불러봅니다.

17.

    예전에 아주 예전에 바보처럼 그냥 지나치고 말았던 친구가 있습니다. 그냥 눈인사만 한 채 돌아서 버리고 말았던 친구가 있었습니다. 맘속에선 괜찮다 말하는데 입에 무어라도 발라놓은 듯 말 한마디 건네지 못했던 친구가 있었습니다. 그냥 그렇게 가슴앓이 하면서 바라만 보았던 친구가 있었습니다. 행여라도 내 맘 들킬까봐 일부러 무심하게 대했던 친구가 있었습니다.

    남들도 그렇겠지만 나 역시도 그 친구가 웃으면 나도 따라 웃게 되고, 그 친구가 우울해 보이면 나도 덩달아 우울해지던 그렇게 멀리서만 바라보아야만 했던 친구가 있습니다. 시간이 한참 지난 지금도 나 아직도 내 가슴속에 남아있던 그 친구를 기억 하곤 합니다. 비록 내가 그 친구에게 기억되지 못했지만 내가 그 친구를 기억하는 한, 그 친구는 항상 내 기억 속에 남아 있을 거라 난 그걸로도 좋습니다.

18.

술을 마셨습니다.

기분이 좋은 건지 아님 너무 슬픈 건지 그냥 헛웃음만 나옵니다. 오늘은 유독 포장마차의 작은 탁자, 등받이 없는 작은 의자가 내 모습처럼 더 작게만 보입니다. 오뎅 국물의 뜨거운 김 때문인지 아님 밖의 추운 날씨 때문인지 그것도 아님 취기가 오른 건지 눈앞의 모든 것들이 흐릿해집니다. 한두 번 있는 일도 아닌데, 오늘은 너의 웃는 모습이 너의 행복해 보이는 모습이 설렘 보단 나를 더 작게 만들고 슬프게 만듭니다.

난 왜 그러지 못했을까?

난 왜 지금처럼 널 웃게 하지 못했을까?

난 왜 널 바라볼 수밖에 없는 걸까?

오늘도 술기운을 빌어 바보 같지만 너에게 또 보내지 못할 편지를 써봅니다. 핸드폰 속에서만 대답 없는 너하고 얘기를 하고, 핸드폰 속 너의 사진을 보면서, 웃을 수밖에 없는 오늘은 왠지 내가 슬퍼 보이는 하루입니다.

19.

늘 내 옆에 있다고 생각하면서 그렇게 생각했어.

울고 있는 모습, 혼자 시무룩한 모습, 너가 싫어 할까봐 늘 웃으면서 항상 사람들과 어울리면서 그렇게 지내왔어. 내 마음속에 내 기억 속에 언제나 너만 있다고 생각했는데, 너한테 너무 미안해서 아니라고 계속 부인해 왔는데, 나도 힘들 때가 있고 외로울 때가 있었나봐. 너도 모르게 그 사람에게 자꾸만 의지하고 기대고 있는 것 같아.

나 이러면 안 된다고 너 한테 너무 미안해서 이러면 안 된다고 생각했는데, 나도 조금씩 지쳐가고 있는 것 같아. 그리고 보면 정말 많은 시간이 지나간 것 같아. 너를 알게 된 게 5년이고 너를 보지 못한 게 벌써 10년이나 되었네.

언제 이렇게 많은 시간이 지났을까?

꿈속에서만 너를 만나서 얘기하고 웃으면서 그것만으로도 난 정말 행복했어. 근데 나 이제 너를 가슴 한곳에 묶어두어야 될까봐. 나 이제 다른 사람에게 기대도 될까. 나 정말 그래도 괜찮은 걸까? 그 사람이 비록 너가 아니

어서 조금은 힘들고 조금은 슬프겠지만, 나 이제 그래도
괜찮은 거겠지?

미안해! 정말 미안해! 정말 미안해!

20.

하늘이 예쁘게 파란 날, 서랍 속에 넣어둔 파란 편지지를 꺼냈습니다.

가슴속에 넣어두었던, 입으로 하지 못했던 얘기들을 적어봅니다. 행복했던 일들 슬펐던 일들 서운했던 일들 가슴이 미어지고 목이 메일 만큼 아팠던 일들을 적어봅니다. 웃음도 나오고 눈물도 나오고 그동안 모르고 잊고 지냈던 많은 일들이 지나갔습니다. 때론 말도 안 되는 투정도 부리고 때론 말도 안 되는 고집도 부렸습니다. 나 그렇게 지금까지 어린애처럼 응석만 부리며 살아왔던 것 같습니다.

그 많은 시간들, 그 많은 얘기들을 다 적기엔 지금 쓰고 있는 편지지론 모자랄 것 같습니다. 오랜만에 동네 문방구에 가서 구경도 하고, 유치하지만 예쁜 편지지를 사서 내 못다 한 얘기들을 써야겠습니다.

오늘이 가기 전에요.

오늘이 지나버리면 그만큼 내 기억 속에서 멀어질 테니까요!

21.

그때 내가 왜 몰랐을까요? 너의 마음을요.

그때 알았다면 나 지금 이렇게 울고 있지 않을 텐데요. 그때 내게 어깨를 빌려주던 너의 맘을 알았다면 잠시 더 기대고 있었을 텐데요. 지금 와서 왜 말하지 않았냐고 너를 원망한들 아무 소용이 없다는 걸 알아요.

둔하다고 둔탱이라고 불리기는 했지만 지금은 그 별명이 너무 원망스럽네요. 세찬 소나기에 패여 버려서 물이 고인 웅덩이처럼 지금 내 가슴이 패여 버려서 그곳에 서러운 눈물이 고여 내 가슴에 부딪치고 있네요.

언제쯤이면 패여 버린 내 가슴이 마르고 채워질까요? 언젠가 때가 되고 시간이 지나면 무엇으로든 채워지겠지만 단지 그때라는 게, 그 시간이란 게, 너무 길지 않게 내가 지치기 전에 채워졌으면 좋겠네요.

22.

보고 싶었습니다.

휴대폰을 만지작거리며 몇 번을 망설인 끝에 너의 번호를 열었는데, 통화버튼을 누르기까지 한참이 걸렸습니다. 신호가 울림과 동시에 내 심장은 쿵 하고 내려앉고, 난 그 소리에 놀라서 그냥 통화종료 버튼을 눌러버리고 말았습니다. 너의 목소리가 그리웠지만, 나 아직까지는 자신이 없었습니다. 때로는 내가 누굴 그리워하며 수화기를 잡고 있는지도 알 수 없었고, 누구의 전화를 기다리는 건지 알 수 없을 만큼 머릿속이 내 가슴이 뭉해지기도 합니다.

잊지 말아달라는 말은 내가 먼저 했는데 이상하게도 내 기억에서 자꾸 잊어지는 것 같습니다. 희미하게 번져가는 잉크처럼 그 사람 얼굴이 점점 희미하게 번지고 있습니다. 별도 달도 해도 심지어는 지구까지도 다 변함없이 지내는데, 왜 난 그럴 수 없는 건지 그냥 조금은 쓸쓸해집니다.

23.

내겐 그저 한없이 고마운 사람이고, 한없이 그리운 사람입니다.

길을 가다 비슷한 사람만 봐도 내 가슴을 두근거리게 하는 사람입니다. 어디선가 낯익은 목소리가 들리면 혹시나 하는 기대에 뒤돌아보게 하는 사람입니다. 내가 가진 모든 사랑 다 준다 해도 그래서 내 가슴 한 구석이 뻥 뚫린다 해도 하나도 허전하지 않을 것 같은 사람입니다.

이런 내 맘이 사랑이 아니어도 괜찮습니다.

이런 내 맘이 나 혼자만의 그리움이어도 괜찮습니다.

슬프긴 해도 나 사랑을 알 것 같습니다. 아팠지만 나 또 하나를 배웠습니다. 내가 만약 다시 태어난다면 그때도 그 사람 다시 보고 싶고 만나고 싶고 그리울 사람 일 것입니다.

내겐 언제나……

24.

언젠가 한번은 마주쳤던 것 같습니다.

모든 것들이 낯설어 보이지만 왠지 한번은 마주치지 않았나 싶습니다. 내가 그동안 무심히 지나쳤던 많은 것들이 어찌 보면 내겐 소중할 수도 있었겠다는 생각을 해봅니다. 잘 몰랐던 사람들도 하찮은 물건들도 이름조차 기억나지 않는 차를 마셨던 곳도, 스치듯 지나다니던 거리도, 지금 아무 생각 없이 앉아있는 이 공원의 벤치도, 어찌 보면 내겐 큰 의미가 있었을지도 모르겠다는 생각이 듭니다.

가끔은 부정하고 싶은 일도 있었고, 내게 다가온 현실을 인정하지 않았습니다. 그래서 내게 소중했던 많은 걸 보지 못했고, 많은 걸 잊어버린 채 살아온 것 같습니다. 아프면서 커간다는 말이 무슨 말인지도 모르고 무작정 어른이 되기만을 바라는데, 이제 그 뜻을 조금은 알 것 같습니다.

어른이 된다는 것, 그리 어렵지도 않지만 그리 쉬운 것도 아닌 것 같습니다. 누군가에게 어른인 것처럼 보인다 해도 내 맘이 어른이 되지 않는다며 난 마냥 어린아이일 수밖에 없다는 걸 그래서 어른은 힘들다는 걸 알 것 같습니다.

그러고 보면 나도 아직은 어른이 아닌가 봅니다.

25.

세상에서 가장 이쁜 말이 사랑인줄 알았습니다.

근데 가끔은 선인장 가시처럼 내 가슴을 콕콕 찌르기도 하네요.

세상에서 가장 듣기 좋은 말이 행복인줄 알았습니다.

근데 행복이란 것도 가끔은 나를 쌩까고 그냥 지나칠 때도 있더라구요.

세상에서 가장 두근거리는 말이 날 좋아한다는 말인 줄 알았습니다.

근데 날 좋아 한다는 그 말도 거짓말처럼 변할 때가 있더라구요.

세상에서 가장 아픈 말이 너 때문이라는 말 인줄 알았습니다.

근데 결국은 내 잘못이 컸던 걸 알겠더라구요.

세상에서 가장 슬픈 말이 잊으라는 건 줄 알았습니다.

근데 시간이란 게 지나가면 가슴 한곳에 알아서 자리 잡더라구요.

그래도 지금까지 살아오면서 세상에서 제일 가슴에 남는 말은 추억인 것 같습니다.

26.

마냥 걸어 다니다 내 눈에 작은 카페 하나가 보였습니다.
창밖이 보이는 작은 자리에 앉아 레몬티를 주문하고 창
밖을 바라보았습니다. 사람들이 저마다 바쁘게 움직이는
모습을 보면서 나도 많은 시간을 보냈음을 느꼈습니다.
언제나 그 자리에 머물 거라 생각했던 그 시간들이 참으
로 오래전 일이 되었습니다. 그때는 계절이 계속 바뀌는
것처럼 다시 그 자리에 돌아올 거라 생각했던 것 같습니다.
눈이 옵니다.
사람들이 여러 가지의 표정으로 얘기를 합니다. 나도
모르게 많은 기억들이 지워져 버린 것만 같습니다. 내가
원하고 바라지 않아도 모든 게 흐르는 강물처럼 흘러가
나 봅니다.
레몬 티가 다 식었습니다. 하지만 아직 상큼한 향기가
남아 내 코끝에 맴돌고 있습니다. 나 아직은 설렘이 남아
있나 봅니다.
다 식은 레몬 티의 상큼함처럼……

27.

보고 싶고 그리워서 말로는 표현할 수 없어서 오랜만에 일기장을 만들었습니다. 가슴이 터질 만큼 많은 애기들인데 일기장만 펼치면 머릿속에서 맴돌기만 할뿐 결국 끼적끼적거리다 그냥 덮고 맙니다. 오늘은 이 얘기를 써야지 했는데, 결국엔 말도 못하고 쓰지도 못하고 그 이름 석자만 쓰고 마네요. 늘 그리운 이름, 늘 부르고 싶은 그 이름, 한 번도 부르지 못하는 그 이름, 내 일기장엔 온통 그 사람 이름만이 채워져 가고, 조금씩 조금씩 그 사람에게 하고 싶었던 말들을 적기 시작 했습니다.

그리움이 보고픔이 이리 힘든 건 줄은 전혀 몰랐습니다. 근데 그리워하는 것도, 보고파하는 것도, 아무도 없는 옥상에서 그 이름 석자를 부르는 것도 점점 힘들어지네요.

앞으로 얼마나 더 많은 시간이 흘러야 하는 걸까요?

앞으로 얼마나 더 아파야 익숙해지는 걸까요?

내일은 좀 괜찮아 지겠지! 모레면 더 괜찮아지겠지!

나 혼자 중얼거리다 오늘 역시 그 사람 이름만 잔뜩 써놓고 일기장을 덮습니다.

28.

참으로 많이 허전합니다.

참으로 많이 그립습니다.

참으로 많이 소중한 시간입니다.

참으로 많이 그리운 말들입니다.

참으로 많이 사랑했던 것 같습니다.

써도 써도 모자라고 말해도 말해도 부족했던 그 말, 사랑합니다. 사랑합니다!

핸드폰에 저장된 문자들을 보고 카톡을 보고 저장된 사진들을 보면서 하나하나 기억을 더듬어 봅니다. 다시보고 또다시 봐도 언제나 설렘에 떠오르는 말, 사랑합니다. 사랑합니다!

잊으려 해도 참으로 잊기 힘들어 가슴속에 묻어두었던 그 말, 사랑합니다. 사랑합니다!

때론 그 말에 가슴이 터질 듯 행복하기도 하고 때론 그 말이 내 가슴을 아리도록 아프게 해도 언제나 내 가슴속에 남아있는 그 말, 나 언제나 그대를 사랑합니다. 나 언제나 그대를 사랑합니다!

29.

반가움에 서러움에 아무 말도 못한 채 그냥 말없이 보기만 했습니다.

사람들과 어울리면서 웃는 너의 모습이 마냥 좋았습니다. 이 시간이 지나버리면 마지막이 될 것 같아 너의 얼굴을 보고 또 보고 가슴 한곳에 새겨 넣었습니다. 몇 년후에 아님 몇 십 년 후에 우리 서로 다른 길을 가고 있을 거고, 그땐 널 기억하며 웃을 수 있는 여유가 생기겠지요. 만약 단 1%라는 우연이라도 길에서 보게 된다면, 그땐 나 널 보고 웃으면서 안녕이라고 인사할 수 있을 것 같습니다.

헤어지면서 안녕이라 말한 게 왜 자꾸 서러운지 모르겠습니다.

그냥 이대로 서로 등 돌리고 가버리면 그만인데, 나중에 또 보자는 그 말이 왜 이렇게 가슴을 미어지게 하는건지. 한번쯤 돌아서서 손 흔들어 주고 싶은데, 그게 그렇게 힘든 일인 줄 오늘 처음 알았습니다.

그러고 보면, 시간은 내가 원하는 대로만 가는 건 아닌 것 같습니다.

30.

나만 볼 수 있으면 그걸로도 좋았습니다.

너가 웃으면 나도 웃을 수 있어 좋았고, 너가 행복해 하면 그 행복을 같이하는 사람이 비록 내가 아니라도 나도 행복해지는 것 같아 그것만으로도 난 그냥 좋았습니다. 인연이 아닌 사람을 인연으로 묶어두는 것보다 그냥 옆에서 보고 있는 게 내 마음이 덜 아플 것 같아서 난 지금이 더 좋았습니다.

그래도 가끔은 많이 아플 때도 있겠지요.

그래도 가끔은 그리움에 많이 울기도 하겠지요. 내 욕심이 너무 커서 내 작은 가슴속에 넣어둘 수밖에 없었고, 내가 너무 바보 같고 미련해서 아직까지 보내지 못하고 아파하지만, 그래도 나 너가 행복하다면 내 아픔쯤은 묻어둘 수 있어서 다행인 것 같습니다. 혹시 이런 내 마음을 너가 알게 된다면 그땐 그냥 아무 말도 하지 마세요. 이 아픔들은 나 혼자 견뎌내도 되지만 내 초라한 모습을 보이고 싶지가 않네요.

나에겐 지금이 더 없이 좋으니까요!

31.

내 오래된 친구야! 내 반쪽 같은 친구야!

별일 아닌 것에도 배꼽 빠지게 웃었고 별일 아닌 것에
도 눈이 퉁퉁 부을 정도로 그렇게 울었던 시간들이 많이
흘러갔나보다. 사는 게 뭐 별거냐며 취하도록 술 마시면
서 같이 보냈던 내 오래된 친구야. 누가 먼저라 할 것 없
이 늘 만나던 곳에서 정말 많은 얘기도 했었는데, 그랬던
시간이 얼마 되지 않은 것 같은데 정말 많이 흘러갔나보
다. 그전처럼 자주 보지도 못하고 그전처럼 같이 술잔을
부딪치면서 건배를 외치던 그 시간들이 생각해보니 아주
오래전 일이 되어버렸네.

내 오래된 친구야!

그때 그랬던 시간들이 훌쩍 지나 20년이 되었고, 우리
나이도 어느새 40대가 되었네. 한번쯤은 그런 생각도 해
봤어. 지금 그때로 다시 돌아갈 수 있다면 우리 그때처럼
그럴 수 있을까? 상상만 해도 그만큼 우리에겐 그 시간들
이 정말 좋았고 행복했던 것 같아. 서로 투닥거리다가도

언제 그랬었냐는 듯이 금방 웃을 수 있었던 내 오래된 친구야. 많은 시간이 흘러도 많은 것들이 변해도 그래도 단 하나 변하지 않는 게 있다면 너와 나 오래된 친구라는 거 겠지. 그것만으로도 난 너무 행복한 것 같아. 너를 생각 하면 그때 그 시간들을 생각하면 그것만으로도 충분 한 것 같아.

보고 싶다. 많이 보고 싶다. 나의 오래된 친구야!

32.

비가 오면 어김없이 생각나는 단 한 사람이 있습니다.

쉽사리 내 사랑이라고 말할 수 없는 단 한 사람이 있습니다. 가깝기도 하고 어찌 보면 멀리 있기도 한 단 한사람이 있습니다. 문득 문득 내 옆을 스치듯 지나가면 가슴이 떨리기도 하고 아쉬운 단 한 사람이 있습니다. 사랑이될 수 없다는 걸 잘 알면서도 결국엔 아픈 사랑이 되어버린 단 한 사람이 있습니다. 내 가슴이 아무리 아파와도 그 삶의 웃는 모습에 나도 웃지만 내 눈에선 조용히 눈물이 날 만큼 소중한 단 한 사람이 있습니다. 이 세상에선 다시는 만날 수 없는 사랑이라 그래서 더 애가 타고 한번이라도 더 보고프고 멀리서나마 볼 수 있어서 다행이라고 생각되는 그런 단 한 사람이 있습니다.

33.

일 년이 지나면 만날 수 있을까요?

십 년이 지나면 만날 수 있을까요?

아님 시간이 한참 흘러 아무것도 모르고 기억조차 희미해질 때 그때면 만날 수 있을까요? 내 가슴에 남아서 하지 못한 말이 너무 많은데 그 말들이 하나씩 하나씩 잊어질 때쯤 그때면 만날 수 있을까요? 그때는 늘 볼 수 있고, 그때는 늘 옆에 있을 거라 생각했는데, 결국엔 아무 말 못한 채 가슴에만 묻어두네요. 내가 사는 인생의 절반은 당신 때문이었는데, 이제 내 남은 인생 절반은 당신을 잊으면서 살아야 하는 걸까요? 언제나 내편을 들어주고 언제나 옆에 있겠다고 당신만 믿으라고 해놓고선. 차라리 약속이나 하지 말지. 그렇게 약속해놓고 먼저 가버리면 내가 얼마나 힘들어 할지는 생각조차 안했겠죠?

오늘은 이기적인 당신이 정말 밉네요.

미워하는 마음이 커질수록 내 마음도 점점 더 아파오는데, 지금은 내가 뭘 어떻게 해야 할지, 내가 뭘 할 수 있는지 아무것도 모르겠어요. 단지 빨리 시간이 흘러 이 시간들이 추억으로 남길 바랄 뿐이에요.

34.

언제나 웃는 모습만 보였습니다.

언제나 밝은 모습으로 재잘재잘거리는 모습만 보였습니다. 슬픔들, 외로움들, 눈물들 이런 건 저 멀리 던져버리고 오늘만을 생각했습니다. 내 자신도 모를 만큼 나 그렇게 많은 것들을 던져버리고 잊으면서 살았습니다. 근데 가끔은 그렇게 사는 내가 누군지 그것조차도 잊어지더라구요.

지금껏 내가 줄 수 있는 건 다 주었습니다.

내가 아파도 날 봐주는 사람이 없어도 난 그냥 그전처럼 모든 걸 주고 그저 바라보기만 했습니다. 아무것도 바라는 건 없었습니다. 원래 처음부터 그런 거라 생각했기에 아파도 힘들어도 외로워도 그래서 눈물이 나도 모든 건 내 몫이라 생각했습니다. 근데 가끔 내 자신이 없다는 생각이 드는 날이면 그 무엇보다도 더 많이 아프더라구요. 참을 수 없을 만큼……

35.

오늘도 혼자 앉아서 끊었던 담배를 피우는 너의 모습을 보았습니다.

보지 않으려고 일부러 피해 다녀도 이상하게도 하루에 한 번은 그런 너의 모습을 보게 됩니다. 그런 너의 옆에 슬그머니 앉아서 나도 담배 한 개만 달라며 옆구리를 툭 치면, 그런 날 쳐다보면서 피우던 담배를 끄고, 내 머리를 툭 치며 씩 웃고 마는 너란 아이. 그런 너를 볼 때마다 내 가슴은 무언가로 쪼이듯이 아파옵니다. 정작 니 옆에 있는 사람은 나인데, 니 머릿속에서 맴도는 사람보다 내가 널 더 잘 알고 있는데도, 왜 너에겐 난 보이지 않는 건지, 왜 날 봐주지 않는 건지, 한번만 뒤를 보라고 수 없이 말하고 싶었습니다.

언젠가는 얘기해야지 했던 그 말, 10년이 지난 지금까지도 한 번도 하지 못하고 있네요. 늘 가슴속에 새겨둔 말, 늘 가슴으로만 해야 했던 그 말.

나 너를 사랑하고 있습니다!

36.

　이 세상에 많고 많은 사람들 중에서 내가 아는 사람은
얼마나 될까요?
　이 세상에 많고 많은 사람들 중에서 나를 아는 사람은
얼마나 될까요?

　혼자 멍하니 창밖을 보면서 별을 세듯이 한 명 한 명 내
가 아는 사람들의 이름들을 떠올려 봅니다. 그 사람들 중
에 딱 한 사람 그리운 사람이 있습니다. 언제나 나의 편
이 되어주고, 언제나 힘내라고 어깨를 빌려주곤 했던 사
람. 어디에 있든 아무리 바빠도 하루에 한 번은 꼭 전화
를 해주던 사람.
　그러던 그 사람이 이제 떠나야 한다네요.
　내 옆에서 조금은 멀리 떠나있어야 한다네요.
　매일 전화해서 안부를 물어주고 속상한 일이 있을 때면
아무 말 없이 다 들어주던 그런 사람이 떠나기 싫어도 내
가 있는 곳에서 조금은 아주 조금은 멀리 떠나야만 한다
네요. 지금까지 많이 믿고 많이 의지했던 그 사람에게 난

괜찮다고 말해줘야 하는데, 눈이 너무 시려 그 사람 얼굴도 볼 수 없고, 너무 아파서 말을 할 수가 없네요. 그래서 그 사람에게 짧은 편지를 썼는데, 그 편지조차 눈물로 얼룩져버려서 전해줄 수가 없네요. 결국엔 그 사람 가는 것도 제대로 못보고 멀리서 두리번거리는 그 사람만을 멀리서 지켜볼 뿐 발걸음을 뗄 수가 없네요.

생각 끝에 핸드폰으로 안녕이란 문자만 보내고, 행여라도 날 볼까 싶어 그 자리를 나와 버리고 핸드폰의 전원을 꺼버렸어요.

그리고 며칠 후, 다시 켜본 핸드폰엔 못보고 가서 맘이 아프다는 그 사람의 문자가 있더라구요. 참 많이 아프네요. 아무 말도 못한 채 보낸 것도 아프고, 기다리면 안 되냐는 말도 못해서 아쉽고, 사랑한다는 말을 못해서 내 맘이 너무 아프네요.

37.

꼬맹이일 땐 엄마아빠가 제일 좋았고, 어렸을 땐 티격태격 말싸움을 해도 옆에 있는 짝꿍이 좋았고, 십대일 땐 같은 주제로 얘기할 수 있는 친구가 좋았고, 이십대일 땐 주위에 있는 친구와 전혀 다른 이성친구가 좋았습니다. 삼십대일 땐 나를 믿어주고 내가 의지할 수 있도록 옆에 있어주는 연인이 좋았고, 사십대일 땐 미우나 고우나 내 옆자리에 늘 같이 있어주는 나의 하나밖에 없는 반려자가 좋았고 가족이 좋았습니다. 오십대일 땐 아마도 여자건 남자건 아무 때나 전화해도 같이 술잔을 기울일 수 있는 죽마고우가 좋아지겠죠. 60대일 땐 얼굴에 많은 주름살이 생겨도 검버섯이 많이 생겨서 그전 모습이 아니어도 언제나 내 손을 꼭 잡고 같이 걸어주고 나 하나만을 바라봐주는 내 반쪽이 소중해 질 거예요.

한날한시에 같이 태어 날수는 없는 것처럼 한날한시에 같이 갈수는 없다 해도 언젠가는 그 사람의 손을 잡을 수 있다는 희망을 가지면서 우리는 그렇게 살아가는 것 같습니다. 미우나 고우나 그 사람은 영원히 내 옆에 있어주는 사람이니까요.

38.

너무 오랜 시간을 무심히 지내왔나 봅니다.

어느 노래가사처럼 우정보다는 가깝고 사랑보다는 조금 먼 사이, 그게 나와 너였던 같습니다. 너가 한발 다가서면 나도 모르게 뒤로 물러나게 되고, 너가 한발 뒤로 물러나면 나도 모르게 너에게 한발 다가서게 되고, 지금까지 쭉 그래왔는데 그랬던 나의 행동이 우정보다는 사랑에 더 가까웠다는걸 이제야 깨닫게 됐습니다. 너무 낯설고 당황스럽고 이런 내 모습이 익숙지가 않아 나 뭘 어찌해야 할지 모르겠습니다.

너에게 말하려니 괜시리 어색해질까봐 겁부터 나네요.

벽에 걸린 거울을 보면서 수만 가지의 표정을 연습해봤습니다. 크게 웃었다가 조용히 가만히 있다가 살며시 어색한 미소도 지어봤지만 모두 다 어색하기만 할뿐 어떤 표정도 자연스럽지가 않네요.

차라리 말을 할까?

생각도 해보고 그러다 영원히 못 보면 어떻게 하지!

미리부터 걱정도 되고, 왜 내 사랑은 이렇게 힘들게 오는 건지 원망도 하고, 결국 오늘도 아무 결정도 못한 채 그냥 이불 뒤집어쓰고 잠을 청해 봅니다.

39.

아주 가끔은 빛바랜 사진처럼 오랫동안 잊고 있었던 기억들이 생각나곤 합니다. 가끔은 이유 없이 웃음도 나고, 가끔은 이유 없이 눈물이 나올 때도 있습니다. 사랑이란 게 나와 어울리지 않는다고 생각했었고, 가끔은 미워했던 사람이었는데도, 그 사람 기억 때문에 맘이 저려올 때가 있습니다.

웃고 싶을 땐 실컷 웃어야 한답니다.
울고 싶을 땐 맘껏 소리 내어 울어야 한답니다.
근데요, 목이 메일 만큼 가슴이 쓰려올 땐 울 수도 없고 웃을 수도 없는데 그땐 어떻게 해야 하나요? 아무것도 할 수 없는 내가 너무 바보 같고 생각 없이 사는 사람 같습니다. 어디선가 낙엽 타는 냄새가 내 코끝에 와 닿습니다. 이 냄새가 사라질 때쯤엔 나도 지금보다는 덜 힘들기를 바라봅니다. 아파서 울었던 기억도 힘들어서 넋 놓고 앉아있었던 기억도 모두다 낙엽 타는 냄새에 묻고 하늘로 올라가는 연기에 같이 날려 보내고 싶습니다.

40.

오랜만에 큰 기대 속에서 너의 모습을 보았습니다.

근데 나 갑자기 가슴이 저려오네요. 나의 손을 잡아주고 내 옆에 앉아 나를 챙겨주는 너가 정말 많이 좋았습니다. 술기운에 실수도 하고, 술기운에 너의 팔짱을 끼면서, 나도 모르게 너의 어깨에 살포시 기대기도 했습니다. 또다시 보자면서 뒤돌아서는 너의 모습이 내 맘을 아리게 하네요. 왠지 모르게 이 모든 것들이 마지막이 아닐까라는 생각이 드네요. 언젠가 우연히 다시 널 보게 되면, 그때는 지금보다 더 편하게 웃을 수 있게 되길, 더 편안하게 앉으면서 반갑게 인사할 수 있기를 바라봅니다.

41.

바라만 봐도 좋다는 말이, 옆에서 볼 수 있다는 것만으로도 좋다는 말이 무슨 뜻일까? 궁금했습니다. 근데 바라만 봐도 좋은 사람이 생겼습니다. 그냥 옆에 있는 것만으로도 좋았습니다. 아무 말 없이 멀리 있어도 바보처럼 말한마디 건네지 못해도 그냥 나도 모르게 웃음이 나곤합니다.

헤어질 땐 아쉬운 맘에 자꾸 뒤를 돌아보게 됩니다. 혹시나 돌아보지는 않을까 해서 몇 번을 돌아봐도 역시나 앞만 보고 가는 사람입니다. 잠자리에 들 때도 꼭 한번은 얼굴이 아른거리는 사람입니다.

매일매일 설렘과 아쉬움이 반복되고 난 아닐 거야, 생각하면서 그냥 소중한 추억으로 남기자고 그냥 내 가슴에만 담아두자고 다짐하고 또 다짐해 보지만 그래도 조금씩 생기는 작은 희망은 어쩔 수 없더라구요.

42.

　작은 것 하나에도 같이 웃을 수 있다는 게 마냥 좋았습니다.

　아직은 내 가슴속에 설렘이 남아 있다는 게 어색한 만남 속에서도 크게 웃으면서 얘기할 수 있다는 게 마냥 신기할 뿐입니다. 머릿속에서 가물거리는 기억들도 내가 기억하지 못했던 얘기들도 조금은 창피했던 기억들도 지금은 그냥 웃음 속에서 묻어둘 수 있다는 건 그만큼 많은 시간이 지나와서 그런 가 봅니다. 사람들은 이런 걸 추억이라고 말하겠지요. 그리고 우린 또 다른 내일을 위해 기약 없는 만남을 약속하며 취기에 올라 붉어진 얼굴로 언제 끝날지 모르는 인사를 합니다. 아쉬운 맘을 달래면서 뒤돌아서 오는 길이 오늘은 유난히 이쁘게 보이네요. 이런 게 아마도 작은 행복이라고 부르는 것 같네요. 그러고 보면 행복이란 것 그리 멀리 있는 건 아닌가 봐요.

　나 그대들이 내 옆에 있어서 너무나 행복합니다!

43.

마음속에 남아있는 사랑도 그리움도 이젠 그리워하지 않을 랍니다. 마음속에 남아있는 서러움도 미움도 이젠 남겨 두지 않을 랍니다. 언젠가는 언젠가는 알 수 있을 거라는, 작은 희망도 이젠 기대하지도 남겨두지도 않을 랍니다. 말해도 말해도 알 수 없는 가슴속 이야기를 억지로 꺼낸다 해도 아무도 알 수 없는 얘기들이기에 이젠 말하지 않을 랍니다. 가끔씩 아주 가끔씩은 눈물도 나겠지만 모든 건 내 몫이라는 걸 알기에 더 이상 말하지 않을 랍니다. 때로는 내가 힘들 때 주위를 둘러보면서 내 얘기를 들어줄 사람을 찾아보았지만 이젠 더 이상 찾지도 힘들어 하지도 않을 랍니다. 아무도 날 대신할 수 없는 것처럼 내 얘기도 나만이 알 수 있는 얘기들이니깐요.

이젠 그냥 조용히 놔둘 랍니다.

44.

그저 멀리서만 봐도 행복합니다.

바보처럼 눈물이 나도 난 그저 행복합니다.

옛날에 울고 웃었던 기억을 되새기면 난 마냥 행복합니다.

언젠가는 서서히 잊어질 기억들이지만 그래도 나 아직은 행복합니다.

가슴이 아프지 않다하면 거짓말이겠죠.

그냥 웃고만 있다면 그것 역시 거짓말이겠죠.

지금까지는 주기만 하는 사랑 이었기에 난 행복할 수 있었던 같습니다.

아파도 말하지 못하고 그냥 웃기만하고 눈물이 나도 목구멍으로 삼켜야만 하는 사랑이라도 언제나 사랑은 주는 거라 생각하기에 난 행복합니다. 이번이 마지막일 거라고, 내 모든 걸 주고 시간이 흐르고 나면 길 잃어버린사람처럼 멍해지고 마는, 내가 하는 사랑은 바보 같은 사랑인가 봅니다.

지금도 웃고 울면서 이러고 있으니 말입니다!

45.

술에 취해서 핸드폰에 저장된 연락처를 뒤적거려봅
니다.

술기운 때문인지 내 눈엔 그 사람만의 전화번호만 보이
네요. 지울 거라고 지워버린다고 말한 지가 한참이나 지
났는데도, 난 아직도 그 사람의 전화번호를 지우지 못하
고 있네요. 나 아직은 사랑을 모른다고 생각할래요. 나
아직은 헤어지는 것도 모른다고 생각 할래요. 그냥 나도
모르게 가슴이 조여 오는 것처럼 아프고 비가 내리는 날
엔 그냥 나도 모르게 문득문득 눈물이 흐르네요. 거울을
보면서 낯선 나를 보니 그동안 나 쉼 없이 많이 달려 온
것 같네요. 100m 달리기를 하는 사람처럼 뒤도 돌아볼
새도 없이 너무 앞만 보면서 달려왔나 봐요.

사람들이 말하네요.
이젠 천천히 가도 된다고요. 좀 쉬엄쉬엄 가도 된다고요.
그렇다고 해서 지난 시간들을 돌릴 수는 없는 거라네요.
그렇다고 해서 이별, 사랑 모두는 알 수 없는 거라고요.

나 아직은 아무 준비도 되어있지 않은 것 같아요.

　나 아직은 사랑, 이별 그런 거 잘 모르는 것 같아요. 아직은 더 배워야 하나봐요.

46.

미워해도 아무리 밉다고 생각하고 또 생각해도 미워할 수 없는 그런 사람이 있습니다.

내가 힘들어 할 때 마다 말없이 내 옆을 지켜주던 그런 사람이었습니다.

사랑이라 부르기엔 너무 먼 것 같고 우정이라 하기엔 조금은 가까운 그런 사람이었습니다.

오빠라는 말보다 형이라는 말이 더 편했던 그런 사람이었습니다.

가끔은 그 사람에게 여자이길 바랐습니다.

가끔은 그 사람에게 나를 봐달라고 말하고 싶었습니다.

가끔은 후배가 아닌 여자로서 그 사람에게 안기고도 싶었고 기대고도 싶었습니다.

술 취하면 늘 나를 업어다주는 그 사람의 등이 너무 편했습니다.

이 사람이 나에게 마지막 사랑이 되기를 바라봅니다.

헛된 희망이고 꿈일지라도 가끔은 그런 꿈을 꿔도 괜찮지 않을까요.

혼자 꾸는 꿈이니깐요!

47.

참 많이 아팠습니다.

기다릴 수 있다고 말하려 했는데, 계속 눈물이 흐르고 목이 메어서 아무 말도 할 수가 없네요. 뒤돌아 가는 그 사람의 모습을 보니 많이 아프고 외로워지네요. 결국엔 내 사랑이 될 수 없다는 걸 알면서도 작은 희망을 가졌던 내가 더 작고 초라하게 보이는 것 같습니다. 붙잡고 싶었지만 붙잡을 수 없었고, 가지 말라고 말하고 싶었지만 모질게도 잘 가라는 인사밖에 해주지 못했네요. 그렇게 멀어져가는 그 사람, 나의 마음속에만 넣어둘 수밖에 없었던 그런 사람이었습니다. 언젠가 다시 만나게 되면 그땐 용기내서 말하고 싶어요.

나 너 많이 좋아한다고요.

그러니 내 옆에서 멀리 가지 말라고요.

언제나 내 옆에서 같이 있어달라고요!

48.

내 머릿속에서도 내 마음속에서도 나도 알 수 없는 말들이 떠다니고 있습니다. 해야 할 말들은 너무 많은데 막상 하려하면 내 머릿속에서도 내 마음속에서도 너무 많아 그런지 할 말이 하나도 생각나지 않습니다.

혼자 있을 땐 가슴이 무너지듯이 아프다가도 어떤 날은 그냥 창밖을 보면서 실없이 웃기도 합니다.

사랑이란 것도 미워하는 것도 서러워하는 것도 하나씩 하나씩 접어두면서도 오늘처럼 비가 내리는 날엔 나도 모르게 눈물이 고이기도 합니다.

처음 만나는 날도 비가 왔었고, 서로 등 돌리는 날도 비가 내리는 날이어서 그런가 봅니다. 좋았던 기억은 누가 뭐라 하지 않아도 고이 접혀 지 혼자서 가슴 한쪽에 남아 있는데 이놈의 아픈 기억들은 툭하면 튀어나와 자꾸 가슴을 아리게 하네요. 그러고 보면 모든 게 다 내 뜻대로 되지 않는다는 게 맞는 것 같네요.

49.

멍하니 앉아서 하늘을 보고 있는데 '괜찮냐' 고 물어보는 너에게 '아니, 괜찮은데 왜?' 라고 말하는 나 거짓말을 하고 있는 걸까요? 너를 보면 눈물이 나올까봐 안경을 끼고 '안녕!' 하고 간단한 인사만 건네고 그냥 지나치려고 하는데 '너 안경 쓰는구나!' 라고 말하는 너에게 '어! 나 원래 안경 써!' 라고 말하면서 무심히 돌아서 가버리면 나 거짓말을 하고 있는 걸까요? 놀러가서 남들 다 자는데 혼자 밖에 앉아 있다가 누군가 '혼자서 뭐해?' 라고 물을 때 답답해서 그냥 나와 있는 거라고 말한다면 나 거짓말을 하고 있는 걸까요?

아직은 아무것도 모르겠습니다.

내 마음이 왜 이런지 너한테서 왜 자꾸 피하려고만 하는지 아직은 모르겠습니다. 할 말도 많고 안보이면 궁금하고 걱정되는 나인데 막상 너를 보면 안절부절 못하고 피하기만 하고 무심한 척하는 나를 나도 잘 모르겠습니다. 이런 내 행동이 날 위한 건지 아님 널 위해서 그런 건지 나 아직 잘 모르겠습니다.

50.

내 옆에 바보 같은 한 사람이 있습니다.

언제나 내 옆에서 나를 지켜준다던 그런 사람이 있습니다. 내가 많이 아프다는 걸 알면서도 그래도 기다려 주겠다던 바보 같은 사람이 있습니다. 매번 나를 먼저 생각해 주고 술 취해 전화하면 언제나 네게 와주는 바보 같은 사람이 있습니다. 재미도 없고 조용하게 내 얘기만 들어주는 바보 같은 사람이 있습니다. 근데 그랬던 그 바보 같은 사람이 이젠 날 떠나려 합니다. 언제까지나 날 기다려 주겠다고 웃으면 말하던 바보 같은 사람이 날 떠나려 합니다. 근데 나 그 바보 같은 사람을 잡고 싶은데, 가지 말라고 말하고 싶은데, 왠지 그러면 안 될 것 같아서, 나 역시 바보 같지만 그냥 그 사람이 떠나는 모습만을 바라 볼 수밖에 없습니다.

결국 그 사람을 보내고 나서, 그 사람과 가끔 오던 포장마차에서 나 혼자 소주잔을 비우고 앉아있네요. 그런 내 모습이 이상했는지 주인아주머니가 제게 물어보네요.

'오늘은 왜 혼자 왔냐'고요. 근데 나 바보처럼 '그 사람 떠나서 이젠 안 올 거예요!' 라는 말 대신 '혼자 있고 싶어서요' 라고 말해 버렸네요.

이제 이곳도 오늘이 마지막이 될 것 같습니다.
내 맘이 쓰린 것처럼 오늘 마시는 마지막 소주가 무지하게도 쓰네요. 어떻게 보면 진짜 바보는 내가 아니었나 싶네요.

51.

　매일매일 난 머릿속으로 많은 애기들을 적으며 많은 상상을 하곤 합니다. 언젠가는 이루어 질 거라고 기대하면서요. 하지만 모든 게 내 생각처럼 되지는 않은가 봐요. 근데 참 이상하죠. 지금 그 모든 걸 알면서도 매일매일 많은 애기들을 적어가고 있으니깐요. 어렸을 때 그렸던 백마 탄 왕자님 애기를 믿으면서 설레였던 그 시간처럼 지금 내 맘이 그런가 봐요. 나에겐 오직 그대만이 백마 탄 왕자님인데 그대는 아무것도 모르고 있는 것 같아요.

　아무 말도 못하는 내가 미련한 걸까요?
　아님 이런 날 보지 못하는 그대가 미련한 걸까요?
　매일 그대를 보면서 많은 애기를 적어가고 매일 그대를 보면서 늘 행복하라고 맘속으로만 살며시 얘기합니다.
　나에게 백마 탄 왕자님은 오직 당신 뿐이니깐요!

52.

잔잔하게 비가 내립니다.

오래전에 너와 약속했던 이곳에 왔는데, 내가 아는 너의 모습은 보이지가 않네요. 1시간이 지나고 2시간이 지나고 3시간이 지나도 너의 모습은 찾아 볼 수가 없네요. 가게의 문들이 하나둘씩 닫혀가고 가로등 불빛만이 비추고 있는데, 그래도 너의 모습은 찾을 수가 없네요. 혹시나 해서 휴대폰을 보고 또 보고 또 보아도 시간만이 표시되어 있을 뿐 조용하기만 하네요.

나 마지막 용기를 내서 내 마지막 남은 자존심을 버리면서 너에게 전화를 했는데 전화기 너머에선 '이 번호는 없는 번호이니 다시 확인해주세요.' 라는 얘기소리만 들리네요. 나 이렇게 마지막 자존심을 버리고 여기 이곳에 서있는데 결국엔 이렇게 발길을 돌리고 마네요. 하나 남은 자존심 이젠 그거마저도 내겐 남아 있지 않아서 너무 힘든데 하필 왜 이럴 때 꼭 비가 내리는 걸까요. 우산도 없는데…… 꼭 영화를 찍는 것 같네요.

나 이제는 좀 천천히 쉬엄쉬엄 가야겠어요.

53.

 인연이 아닌 줄 알면서도 그 사람이 내 옆을 스칠 때마다, 내게 말을 걸어올 때마다, 내 심장은 빨라집니다. 모든 시간이 멈춰 버린 듯 그대만 보면 난 아무것도 할 수가 없네요. 명품들 속에서 혼자 이리저리 치이는 하찮은 물건이 되지 않으려고 언젠가 한번은 그래도 날 봐주겠지. 내심 기대를 하면서 나 힘들지만 열심히 노력해왔습니다. 다른 땐 그냥 접어두기도 하고 잊기도 하는데, 왜 이번만은 이리 힘들기만 할까요?

 그리운 만큼 할 말도 많았는데 결국 아무 말도 하지 못하고, 서로 등을 토닥이며 안녕이라는 인사밖에 할 수 없는 내가 오늘은 너무 서럽기만 하네요. 다음에 이다음에 당신과 나 우연이라도 만나게 된다면, 그땐 내가 먼저 웃으면서 안녕이라고 말할게요.

54.

10년이 지나고 20년이 지나고 30년이 지나고 또다시 10년이 지나 어느덧 40년이 되었습니다. 아파도 아프다 말하지 못했고, 울고 싶어도 맘껏 울 수 없었던 그 시간들 속으로 다시 돌아갈 수 있다면, 아프면 아프다 말하고 울고 싶을 땐 맘껏 울 수 있을까요?

아마 그러지 못했을 거예요. 수많은 사람들과 만나고 아무 의미 없이 웃으면 지냈던 그 시간들이 후회되는 건 절대 아닙니다. 아무 의미 없는 웃음이었지만 그땐 크게 웃을 수 있다는 게 좋았고, 아무 의미 없는 사람들을 만났어도 지금 생각하면 그 만남들이 얼마나 소중했음을 다시금 가슴속에 새겨봅니다.

오늘을 살면서 내일을 생각하고 내일이 오면 그 다음날을 생각해야 하는 그러했던 날들에 많이 지치고 힘들었던 만큼 그래도 그러했던 날들이 많이 그리워집니다. 그러고 보면 나도 어쩔 수 없이 변해가나 봅니다.

모든 것들이 변해가듯이……

55.

어디까지 왔을까요?

언제쯤이면 이 마음을 추스릴수 있을까요?

다 낡아버린 동아줄을 잡듯이 나 아픈 마음을 잡고 있습니다. 어디선가 본 듯한 사람이 그 사람이 아닐까? 무심히 지나쳤던 그곳에 그 사람이 있었던 것 아닐까? 괜시리 내 기억을 탓해 봅니다. 생각하면 가슴이 저릴 만큼 아프기만한 그런 사람 있는 듯 없는 듯 늘 조용했던 그런 사람. 나 왜 하필 그 사람이냐고 후회하는 건 아닙니다. 그냥 맘이 아플 뿐이죠.

사람들은 시간이 지나면 추억이 된다 하더라구요. 좋았던 사랑도 아픈 사랑도 때론 혼자 하는 사랑도 시간이 지나면 이쁘게 포장되어 있는 추억이 되길 바라봅니다. 나 한 번도 누굴 위해 간절히 기도 한 적은 없지만 오늘은 두 손 모아 기도합니다. 나중에라도 아주 나중에라도 그 사람 딱 한 번만 만날 수 있게 해달라고 나 오늘 처음으로 기도해 봅니다.

56.

오늘처럼 햇살이 눈부시고 바람이 기분 좋게 솔솔 불어오는 날엔 많은 생각들이 떠오르곤 합니다. 풋풋했던 학생시절에 좋아했던 선생님, 처음으로 사랑인걸 알려준 나의 첫사랑, 사회생활을 하면서 알게 된 많은 사람들과 문득문득 떠오르는 지나온 시간들, 과연 내가 지금까지 살아온 시간들 속에서 실수는 하지 않았는지, 잘하고 있는 건지, 궁금하기도 하고 많이 두렵기도 하네요.

다시 한 번 그 시절로 돌아갈 수 있다면 지금 생각나는 모든 것들을 다시 한 번 해보고 싶네요. 사랑하면서도 혼자 끙끙거리며 말하지 못했던 것도 어쩔 수 없이 모질게 말하면서 상처 주었던 것도 다시 그 시간으로 돌아갈 수 있다면 나 말하지 못했던 사랑 얘기도하고 모질게 말했던 것도 다시는 하지 않을 텐데.

근데요, 참 이상 하죠.

왜 이런 것들은 많은 시간들이 지나야만 알 수 있는 걸까요?

57.

들려주어야 할 얘기들이 아직 많이 남아있습니다.

보여주고 싶은 것도 아직 많이 남아 있습니다. 근데 자꾸만 기억을 지나 조금씩 조금씩 멀어지고 있네요. 이제는 보내야할 시간이 다가오고 있는 것만 같아요. 기억이란 거 그냥 그 자리에 두는 것이 맞는 걸까요? 추억이란 것도 그냥 그 자리에 두는 것이 맞는 걸까요? 내 가슴이 갈라지는 것처럼 많이 아프다는 걸 알면서도 그냥 그대로 두는 것이 맞는 걸까요?

지구가 돌아도 구름이 늘 그 자리에 있는 것처럼, 그 자리에 있다가도 변해버리고 사라지는 것처럼, 내가 할 수 없는 일인가 봐요. 계절이 바뀌고 바뀌는 것처럼 모든 것은 순리대로 흘러가듯이 나도 이제는 순리대로 놔줘야 하는 건가 봐요.

아무리 힘들고 아프고 외로워도요!

58.

무작정 길을 나섰습니다.

아무 목적지도 없이 아무런 이유도 없이 무작정 걸었습니다. 그러다 나도 모르게 터미널까지 오게 됐습니다. 버스 시간표를 보고 제일 긴 시간의 차표를 끊었습니다. 대합실에 앉아 시간을 보면서 차 시간을 기다렸습니다. 대합실엔 많은 사람들이 왔다갔다 바쁘게 움직이고 있지만 난 할 일이 아무것도 없습니다. 어깨에 맨 배낭 속에는 책 한 권 핸드폰 지갑이 다였습니다.

나처럼 이렇게 대책 없는 사람이 또 있을까요.

어이없는 웃음이 나오네요. 내가 왜 이러는지도 모르게구요. 버스에 올라 커튼을 젖히고 사람들의 움직이는 모습을 보면서 이런저런 생각을 해보았습니다. 내가 왜 이리 힘든지, 아무 일도 없는데 왜 나 혼자만 방황하고 있는지, 뭐가 내 가슴을 이리 아프게 하는지 아무것도 모르겠습니다. 그저 그냥 지금 이곳에서 벗어나고 싶다는 생각만 들뿐 그냥 머릿속이 어지럽고 아프기만 하네요.

이어폰을 꽂고 의자등받이에 몸을 기대고 음악을 듣고 있는데 왜 자꾸 눈앞이 어른거리는 걸까요. 왜 자꾸 가슴이 먹먹하기만 할까요. 왜 자꾸 눈시울이 뜨거워지는지 알 수는 없지만 나 아마도 아직 그대를 기다리고 있나봅니다.

오지 않는 그대를……

59.

나 그동안 그 사람에게 너무 익숙해져서 일까요?

나도 모르게 언제나 그 사람과 함께 걸었던 길을 나 혼자서 걸어 다니곤 합니다. 이 길을 함께 걸어 다닐 때 언제나 맘속으로 생각했습니다. 이 사람이 내게 마지막이 되길 늘 바라고 바라왔습니다. 그 사람과 수많은 약속도 하고 서로에게 늘 등을 보이지 말자 약속했습니다.

근데 지금은 보고 싶어도 그 사람의 등조차 볼 수가 없네요.

사랑이란 거 내 맘속에 남아있는 기억이 너무 많아서 이제는 조금씩 지쳐가고 이별이란 것에 조금씩 더 익숙해지는 것 같아요. 그래도 변치 않는 건 지금까지도 내 머릿속에 내 작은 가슴속에 오직 당신 생각만 한다는 거죠. 그만하고 싶어도 당신과 보낸 그 많은 시간 때문인지 아직은 당신 생각에서 헤어 나올 수가 없네요.

언제나 늘 그래왔던 것처럼요!

60.

얼마나 많은 시간이 흘러야 사랑이란 걸 알게 될까요?

얼마나 더 많은 시간이 흘러야 나 혼자서 모든 걸 감당할 수 있을까요?

하얀 도화지에 스케치를 하고 그 위에다 색칠을 하듯이 세상이란 건 그런 거라 하더라구요. 근데 난 아직 잘 모르겠어요. 내 앞에 하얀 도화지는 있는데 무얼 그리고 어떻게 색칠해야 하는지 더 이상 무얼 어떻게 해야 할지를 모르겠네요. 시간은 너무 빨리 흐르고 잠시라도 시간이 조금만 멈춰준다면 지금보다 더 이쁘게 더 아름답게 그릴 수 있을 것 같은데, 내게 남은 도화지도 그리고 색칠해야 할 시간도 턱없이 부족하네요. 조금만 아주 조금만 더 그때로 다시 한 번 돌아가고 싶네요. 어떻게 그리고 어떻게 색칠해야 예쁘고 아름답게 그릴 수 있는지 그때로 가면 알수있지 않을까요?

61.

책들을 정리하다 오래된 사진 한 장을 보았습니다.

조금은 어색한 듯 어깨가 닿을 듯 말 듯 어색한 웃음을 지으면 찍었던 나의 옛 사랑과의 사진 한 장. 그땐 잘 웃다가도 그 사람만 나타나면 얼음처럼 굳어지고 슬그머니 그 자리를 피하곤 했는데, 그 시간들도 그리고 보면 나 참으로 멀리 왔나 봐요. 잊은 줄 알았는데 그 사진을 다시 보니 어렴풋이 하나하나 기억이 되살아나네요.

그때는 내 마음이 너무 작아서 아무에게도 말하지 못하고 그래서 늘 뒤에서 나 혼자 훔쳐보곤 했지만 그때는 그걸로도 그저 좋기만 했었던 것 같아요. 지금 와서 생각하니 정말 유치하고 우스웠던 시간들이었는데, 그때는 왜 그렇게 힘들어 했는지 그냥 웃음만 나오네요. 그러고 보면 시간 이란 게 정말 신기하기만 하네요.

아픈 기억들, 좋았던 기억들도 모두다 추억이라 부를 수 있으니까요!

62.

마음이 허전해집니다.

왠지는 모르겠지만 그냥 가슴에 큰 구멍이 뚫린 것처럼 허전하기만 하네요. 늘 그래왔는데 언제나 그래왔는데 오늘은 구멍 난 가슴에서 눈물만 흐르고 있네요. 거울을 보면서 많이 변해버린 내 모습을 보았습니다.

가끔은 거울속의 나에게 묻곤 합니다. 지금까지 진정으로 무엇을 위해서 왔는지, 근데 왜 아무 생각도 나지 않는 건지, 머릿속엔 온통 물음표만 쌓여가고 있네요. 이제는 이 물음표를 느낌표로 바꾸고 싶은데 방법을 찾을 수가 없네요. 그런대로 살아왔고 매일 쫓기듯이 살아 왔을 뿐인데, 그렇게 내 나름대로 열심히 살아왔지만 생각해 보면 지금까지 내게는 쉼표가 없었던 것 같아요.

내 뒤에 무엇이 있는지 볼 여유도 없었고, 왜 그렇게 바쁘게 쉬지도 않고 살아왔는지 지금 생각하니 그저 허탈해지네요. 어릴 적 꿈 많던 나는 어디에 있는 건지, 어릴 적 나의 설레였던 마음은 어디에 두고 왔는지, 지금이라도 찾아보려하니 그저 어색하기만 하네요.

내 지난 시간 동안 난 무얼 위해 살아 왔을까요!

63.

내겐 작지만 큰 선물이 있습니다.

놓치기 싫어서 잃어버리기 싫어서 꽁꽁 아무도 못 보게 숨겨놓고픈 선물이 있습니다. 하루에 한 번씩만 시간이 될 때면 그 선물을 보면서 살며시 안아보고 싶고 살짝 입맞춤해보고 싶었습니다. 하지만 아직은 안아볼 수도 없고, 살짝 입맞춤할 수도 없네요. 늘 변함없이 그곳에 있는지 확인해보고서야 안심을 하고 하루를 마감하곤 합니다.

어디에서도 어딜 가도 그런 선물은 찾을 수도 없고, 살 수도 없는 내겐 단 하나밖에 없는 선물입니다. 누군가 잠깐 탐을 내는 것 같으면 왠지 불안해지는 그런 소중한 선물입니다. 늘 옆에서 바라만 봐도 기분 좋고, 설레이게 하는 나의 소중한 선물은 이 세상에 단 하나밖에 없는 바로 당신이란 선물입니다. 늘 언제나 내 옆에 오래오래 두고픈 그런 선물입니다.

내게 당신은요!

64.

어쩔 수없이 나 그대에게 심한 말을 해야 했습니다.

사랑이란 거 별거 아니라고, 난 이제 사랑을 믿지 않는다고, 그러니 우리 서로 갈 길을 가자하면서 나를 잡고 있는 그 사람의 손을 뿌리치고 뒤돌아 버렸습니다. 차마 그 사람의 뒷모습을 볼 수가 없었습니다. 내 맘이 약해질까봐서 내가 먼저 그 사람을 잡을 것 같아서 아무 내색도 하지 않은 채, 가슴속에 남아있는 서러움을 꾹 참고서 내가 먼저 등을 보였습니다.

그렇게 하루가 지나고 한 달이 지나고 일 년이 지났건만 시간이 흐를수록 내 가슴속엔 고독이 쌓여가고 그리움도 쌓이고 그만큼 눈물도 쌓여갔습니다. 이런 내 맘을 그 사람은 모르길 바라면서도 한번쯤은 딱 한번쯤은 날 그리워하지는 않을까 내심 기대도 했습니다. 그런 기대가 다 부질없다는 걸 알면서도 나 아직은 혼자라는 외로움에, 나 아직은 그 사람의 그리움 때문에 많이 힘든 가 봅니다.

65.

다음 세상이 있다면 나와 당신 그때는 서로 바꿔서 만났으면 좋겠습니다.

내가 주었던 아픔들 내가 다 받고 내가 주었던 외로움도 다 내가 받을 터이니, 다음 세상엔 당신과 나 바꿔서 태어났음 좋겠습니다. 혼자라는 외로움에 술로 지새우는 것도 괜한 시비에 말려 싸우는 것도 다 내가 할 터이니 다음 세상엔 당신과 나 바꿔서 태어났음 좋겠습니다. 당신이 내게 주었던 끝없는 사랑도, 나만을 바라보며 나를 먼저 생각해 주었던 것들도, 이제 다 내가 다 할 터이니 다음 세상엔 꼭 바꿔서 태어났음 좋겠습니다.

당신과 나 다음 세상엔 꼭 바꿔서 태어나요.

그럼 그땐 당신이 내게 주었던 사랑보다 내가 더 많이 많이 사랑해 줄 터이니 우리 다음 세상엔 꼭 바꿔서 태어나요!

66.

　내가 죽어 다시 태어난다면 그땐 해바라기 꽃이 되어
다시 태어나고 싶습니다.

　한 곳만을 바라보면서 늘 한결같은 그런 해바라기가 되
고 싶습니다. 내가 죽어 다시 태어난다면 그땐 이름 없는
한 마리의 작은 새가 되어 다시 태어나고 싶습니다. 언제
나 어디서나 당신을 볼 수 있게요. 내가 죽어 다시 태어
난다면 그땐 크나큰 나무가 되어 다시 태어나고 싶습니
다. 언제든 당신이 와서 등을 기대고 슬픈 일들 아픈 일
든 기쁜 일들 모두 애기하면서 견딜 수 있는 잠시라도 쉴
수 있는 그런 크나 큰 나무로 다시 태어나고 싶습니다.
내가 죽어 다시 태어난다면 그땐 당신이 제일 먼저 찾는
그런 죽마고우 같은 친구가 되고 싶습니다. 당신의 연인
보다 더 가까운 그런 친구로 다시 태어나고 싶습니다.

67.

　내 가슴속에 묻어두었던 그리움들이 조금씩 버거워지고 힘들 때, 난 늘 이 길을 걷고 합니다. 왔다갔다 족히 세 번 정도 걸으면서 많은 생각들을 정리하곤 합니다. 사랑이란 게 뭔지 몰랐던 시간들, 이별이 어떤 건지 몰랐던 시간들, 그리고 지금 이렇게 가슴속에서 아프게 남게 될 줄 몰랐던 시간들, 그래서 그때의 모든 것들이 지금 한꺼번에 다가와 가슴속을 후벼 파듯이 아파오고 있습니다.

　좋았던 시간들은 왜 이리 빨리 멀어져 가는 건지 그리고 눈물은 왜 이렇게 많아지는지 모르겠습니다. 난 그저 내 옆에 있는 모든 것들이 다 좋았고 행복하다고만 생각했을 뿐, 멀어져가는 그런 아픔은 한 번도 생각하지 못한 것 같습니다. 그래서 지금 더 많이 아픈 가 봅니다.

68.

얼마 안 된 일인 것 같은데 지금 와서 뒤돌아보니 그 동안 쉼 없이 많은 길을 걸어왔네요. 문득문득 내가 서 있는 이곳이 낯설어 보일 때가 있어요. 많이 걸어온 것만큼 많이 힘들었고 그래서 혼자서 울기도 많이 울었던 것 같네요. 그리움이 뭐 길래 추억이란 게 뭐 길래 그렇게 많이 웃고 많이 울어야만 했던 걸까요?

그땐 그랬습니다.

그 짧았던 만남도 내겐 모두 다 소중한 인연이라고요. 그래서인지 내 가슴엔 넘칠 만큼 그리움도 많고 추억도 많고 서러움도 많은가 봐요. 어디까지 가야 이 서러움 맘이 달래질까요. 어디까지 가야 나 모든 걸 뒤로하고 웃을 수 있을까요. 이제 나도 받는 사랑을 하고 싶네요. 내 가슴에 쌓인 추억과 그리움만큼 나도 누군가에게 추억이 되고 싶고 그리움이 되고 싶어지네요.

69.

잠깐이면 된다고 조금만 기다리면 된다고 했던 시간들
이 너무 길어서 이젠 그리움이 되었습니다. 다시 예전으
로 돌아갈 수 없다면 이젠 그냥 이대로 그리움으로 남겨
두렵니다. 그러나 조금씩 잊어질지도 모르고 추억이 될
지도 모르지만 지금은 그냥 그리움으로 남겨두는 게 좋
을 것 같습니다.

나 아닌 다른 사람들도 그리움이란 거 추억이라는 거
다 하나씩은 가슴속에 남아있을 테죠. 바쁘게 쫓기면서
그렇게 살아오면서 가끔 생각이 날 때면, 눈물 반 웃음
반으로 남기곤 할 테죠. 바람이 불어 흩어지는 낙엽처럼
내 맘속에도 낙엽처럼 흩어지는 것 같네요. 시간이 약이
라는 말 시간이 지나면 서서히 잊어질 거라는 얘기들 난
믿지 않았지만 이젠 알 것 같네요. 아픈 일이든 좋은 일
이든 모두가 그리움이 되고 추억이 되고 또 다른 내일을
위해 모두 다 묻어두어야 할 수밖에 없다는 걸요.

70.

아무에게도 말하지 못했습니다.

말해버리면 풍선처럼 터질 것만 같아 누구에게도 말하지 못하고 혼자서만 간직해왔습니다. 내가 바란 것도 아니었습니다. 당신이 바랐던 것도 아니었습니다. 생각하면 금방이라도 눈물이 떨어질 것 같은 그런 그리움이 될 줄은 몰랐습니다. 기억하고 그리워하고 결국 추억이 되고 마는 건데 그땐 왜 그렇게 힘들기만 했는지…… 당신에게 모진 거짓말을 하고선 초라한 내 모습 들키기라도 할까봐 서둘러 뒤돌아서서 목까지 올라오는 눈물을 참으며 단 한 번도 뒤돌아보지도 못했습니다.

그땐 당신 생각에 많이도 울었던 거 같습니다. 이젠 당신 생각을 하면 살며시 웃음이 나는 걸 보면 많은 시간들이 물 흐르듯이 그렇게 흘러왔나 봅니다. 그리움도 추억도 이젠 웃으면서 얘기할 수 있다는 게 그냥 많이 좋기만 하네요.

71.

비가 내립니다.

물이 고인 웅덩이를 피하면서 걷는 내 모습을 보니 물 웅덩이를 피하면서 돌아서온 것처럼 지금까지 너무 멀리 돌아온 것 같습니다. 어깨만 스쳐도 인연이라 하는데, 나에게 얼마나 많은 인연을 만나고 얼마나 많은 인연이 스쳐갔을까요? 울고 웃으면서 만난 인연들, 사랑이라 생각했던 인연들, 영원히 변치 않을 것 만 같았던 인연들, 그러고 나서 영원이란 것 없다는 것을 알게 된 후 지금까지 많이 힘들게 보냈던 시간들, 늘 내 앞에 그 자리에 있을 거란 믿음이 사라지는 날들, 나 내 앞에 놓인 거울을 보고서야 알았습니다. 지나간 시간은 되돌릴 수 없다는 걸요.

아팠던 시간들이지만 그래도 웃을 수 있었던 시간들도 있기에 나 지금까지 잘 버티고 있었나 봅니다. 근데요, 나 이제 이 모든 것들을 그냥 추억으로 묻어둘래요. 아직은 아프지만 언제까지 아파해야할지 모르겠지만 그래도 아름다웠던 순간들도 있었으니까요.

72.

너를 만나서 많이 행복했어!

넌 나를 만나서 얼마나 행복했을까?

가끔은 너의 마음이 궁금하기도 해 내 가슴속에 너가 있는 자리만큼 너의 가슴속에도 내 자리가 조금이라도 있었음 좋겠다는 생각을 하곤 했는데 사랑이란 거 알 수 없는 것 같아. 나도 모르게 갑자기 찾아와서 이런 게 사랑이라고 말하면서 또 언젠가는 홀연히 사라지고서는 언제 그랬냐는 식으로 나 몰라라 하는 게 사랑인거 같아.

좋은 기억도 남겨주지만 때로는 감당할 수 없을 만큼 아픔도 남겨주고 사라지는 거 그런 게 사랑인거 같아. 그래도 시간이 지나면 그리움도 알려주고 추억도 만들어주고 나 자신도 커가게 해주는 거. 그리고 보면 아픈 사랑도 한번쯤은 해볼 만한 것 같아.

73.

많고 많은 사람 중에 왜 하필 너만이 보이는 걸까?

다른 곳을 봐도 온통 니 모습 니 생각이 떠나질 않는데 오로지 너만이 보일뿐이고, 너만이 나의 그리움 일뿐인데, 나 이제야 알 것 같아. 그것이 너에 대한 나의 사랑이고 그리움이라는 걸…… 그때는 아무것도 몰랐어!

사랑이 뭔지 어떻게 사랑해야 하는 건지 그때는 아무도 가르쳐주지도 않고 알 수 도 없었던 같아. 그냥 옆에 있는 게 좋아서 그게 다 인줄 알았어. 근데 그게 다는 아니더라구. 지금 와서 후회한들 지금 와서 아쉬워한들 아무 소용없다는 걸 알지만 그래도 딱 하나만은 알아주었음 좋겠어.

아무것도 몰라 널 보내고 말았지만 지금까지 내 가슴에 남아있는 사람도 너 뿐이고, 앞으로도 내가 그리워할 사람도 오직 너 하나뿐이란 걸……

74.

너를 생각하면 많이 아프고 많이 서러워지는 내 맘을
너는 알고 있을까?

그때 그 시간들이 그리워서 그때 그 시간들을 잊지 못
해서 가끔은 너와 함께했던 그 길을 찾곤 하는데 그런 내
마음을 너는 알고 있을까? 너와 했던 약속들 나 아직 잊
지 못해서 나는 이 곳 이 자리에서 멀리가지도 못한 채
항상 이곳만 맴돌고 있는데 그런 내 마음을 너는 알고 있
을까? 아프기만 한건 사랑이 아니라고 생각했고, 눈물이
나는 것도 사랑이 아니라고 생각했는데, 나 너무 늦게 알
아버렸네. 그것 역시도 사랑 이었다는 걸.

지금은 내가 아파도 너가 행복하면 되고, 지금은 내가
울고 있어도 너가 웃고 있으면 그걸로도 괜찮을 거라고
생각했는데, 조금은 아프기도 하고 눈물도 나려고 하네.
그래도 이젠 나 웃으려고 노력중이야. 그러다 보면 웃을
수도 있겠지.

너한테 배운 건 웃음뿐이니깐……

75.

내 여린 사랑아!

내 아픈 사랑아!

아무리 불러도 대답 없는 내 무심한 사랑아! 더 이상 목이 메어서 부를 수 없는 내 사랑아! 내 가슴이 얼마나 더 아파야만 나를 봐줄 수 있을까? 내 쓰린 사랑아! 멀리 있는 것도 아닌데 자꾸 멀어질 것만 같아서 불안하기 만한 내 사랑아! 지금까지 한마디도 해보지 못한 채 내 가슴속에만 남겨두어야 할 내 사랑아! 하고픈 말은 많은데 아무리 얘기해도 들을 수 없는 내 사랑아! 처음엔 그냥 보는 것만으로도 좋기만 했던 내 사랑아! 이젠 나도 그런 슬픈 사랑은 하기 싫은데, 이제 나도 그리워만 하는 사랑은 싫은데, 그래도 내 여린 마음 보이기 싫어서 그냥 묻어두어야만 하는 내 사랑아! 매일매일 눈물로 지새우고 시간이 지나면 추억이 될 거라고 초라한 내 자신을 들키기 싫어서 애써 변명으로 돌려야하는 내 사랑아! 볼 수 없다 해도 내 사랑이 떠난다 해도 말할 수도 없고 말릴 수도 없는 내 서글프고 아리기만 한 내 사랑아! 이젠 내가 먼저

너를 보내야만 할 거 같은데 그냥 눈물만 나오게 하는 내
사랑아! 나 어떻게 해야 하는 거니?

　너무 아픈 내 사랑아!

76.

　원하든 원하지 않던 우리는 수레바퀴 돌듯이 매번 같은 일상을 반복합니다.

　그래도 가끔은 가슴속에 남아있는 꿈들이 꿈틀거리기도 합니다. 사는 게 버거워서 하루하루를 살아가는 것이 너무 바빠서 그냥 지나치기도 하고 그냥 묻어두기도 합니다. 그러다 보면 잊어지게 되고 지금 살고 있는 현실에 적응하게 되는 것 같습니다. 그렇게 시간이 흐르다 보면 지금처럼 가슴속에 묻어두었던 것이 생각나곤 합니다. 그래서 나도 지금 이렇게 끼적끼적 쓰고 있나봅니다.

　비가 오면 비가 오는 대로 가슴에 비가 내리듯 많은 얘기들이 쓸려 내려가고, 눈이 내리면 눈이 내리는 대로 가슴에 그림을 그리고 싶어지고, 바람이 불면 바람이 부는 대로 가슴에 살랑살랑 바람에 날리는 것 같습니다. 그리구요! 오늘처럼 햇살이 눈부신 날엔 햇살처럼 가슴이 두근두근 거립니다. 그래서 우리는 우리가 사는 인생을 가끔은 수레바퀴라고 하나봅니다.

　내가 사는 이 시간이 그렇듯 말입니다.

77.

넌 행운을 믿니?

나에게 처음이자 마지막으로 건네는 그 말이 무슨 뜻일까?

멀뚱히 서있는 나에게 작은 네잎 클로버를 쥐어주면서 말없이 돌아서 가는 너의 모습이 그땐 낯설었지만 아마 그때부터인 것 같아 내가 너를 좋아했던 게. 너의 그 순수했던 그 모습이 그땐 너무 좋아보였어. 행운이란 거 한 번도 생각해 보지 않았는데 아마도 그때부터 나도 행운을 믿었던 것 같아.

내게 처음으로 온 행운이 바로 너였고, 내게 두 번째로 온 행운도 너와 알게 돼서 좋았던 시간들이고, 내게 세 번째로 온 행운도 늘 내 옆에 있어주던 너였어. 근데 그런 행운도 나에겐 그렇게 오래가지 않았고 그렇게 자주 오지도 않더라구. 그래도 나 아직 너가 준 네잎 클로버를 보면서 가끔씩 웃곤 해!

넌 나의 영원한 행운의 네잎 클로버라고 생각하면서!

78.

 갑자기 가슴이 아파오는데, 갑자기 말문이 막혀서 아무 말도 할 수가 없는데, 소리를 지르려 해도 목에서 맴돌 뿐 아무 소리를 낼 수가 없었어. 너와 내가 제일 싫어했던 말. 우리 서로 그 말은 하지 말자고 했는데, 너의 입에서 나의 마음속에서 어쩔 수 없이 해야 했던 말. 흐르는 눈물 때문에 서로 마주볼 수도 없었고, 꼭 잡은 두 손에 떨어지는 눈물만 보게 했던 말. 우연히 만나 설레면서 했던 말인데, 아무리 많은 시간이 흘러도 그 말은 하지말자 했는데, 지금은 설렘이 아닌 아파하면서 해야 하는 말이 되어버렸어.

 이제 너와 난 어찌해야할까?
 내가 먼저 하기는 싫은데 너가 내게 먼저 하게 되면, 너가 너무 아파할까봐 내가 먼저 해야 할 것 같아.
 안녕……

79.

바보처럼 실없이 웃음이 나는 바보 같은 사랑이 있습니다. 아무도 모르는 나만이 알고 있는 그런 소중한 사랑이 있습니다. 언제나 옆에서 지켜보고 언제나 가슴속에 묻어두고 싶은 그런 바보 같은 사랑이 있습니다. 그 사랑이 힘들어하면 내 가슴이 바늘로 찌르는 것처럼 아프고, 그 사람이 울고 있을 땐, 내 손으로 그 눈물을 닦아주고 싶은데, 바보처럼 뒤돌아서 울고 말아 버리는 그런 바보 같은 사랑이 있습니다. 그 사랑이 애처로워서 보듬어 주고 싶지만, 그 사랑이 너무 안쓰러워 내가 옆에 있다고 말해주고 싶었지만, 이젠 너무 늦어버린 그런 바보 같은 사랑이 있습니다. 시간이 한참 흘러도 잊지 못하고, 바보처럼 아무 말도 못한 채 그냥 실없이 웃기도하고, 그냥 이유 없이 눈물도 나는 그런 사랑이, 그런 바보 같은 사랑이 있습니다.

80.

외로움에 물들어 여기까지 왔네요.

슬픔에 물들어 이곳에 서있네요.

눈물이 멈추지 않아서 계속 걷다보니 내가 걷고 있는 이 길이 낯설지가 않네요. 이제 더 이상 나에게 미안해하지 않아도 돼요. 나 이제 괜찮으니 나 때문에 아파하지 않아도 되고 피하지 않아도 돼요. 아직은 상처가 덜 아물어서 조금은 아프기는 하지만 그래도 내게 좋은 추억도 만들어주고 행복한 시간도 많이 만들어 주었으니 이젠 더 이상 미안해하지 않아도 돼요. 어차피 시간은 흐르는 거고 그러다보면 모든 게 다 괜찮아질 테니 더 이상 날 피하지 않아도 돼요. 모든 것 다 나 혼자 감당하면서 나 혼자 아파도 충분하니깐 더 이상 아파하지도 힘들어하지 않아도 돼요.

하나밖에 없는 내 사랑아!

81.

처음엔 몰랐습니다. 널 이렇게 다시 만나게 될 줄은……
너를 이렇게 앞에서 볼 수 있다는 게 믿기지가 않네요.
10년이 지나고 또다시 10년이 지난 지금 내 눈앞에 서
있는 너의 모습이 그저 내가 꿈을 꾸고 있는 것만 같았어
요. 그때 그렇게 한마디도 못한 채 널 보내는 게 너무 아
팠는데, 지금 내 앞에서 웃고 있는 널 보니, 그때 너에게
하지 못했던 말들이 생각나네요. 그동안 많은 시간이 흐
른 탓인지 그때 그렇게 아파했던 기억들이 지금 생각하
니 웃음이 나네요. 악수하면서 '반갑다, 오랜만이네! 잘
지냈어?' 인사하는 너의 모습이 나의 마음과 같은 것 같
네요.

시간이 흐르면 다 아물 거라는 말이 맞기는 한가 봐요.
눈물 흘리면서 보냈던 시간만큼 이제는 웃으면서 보내고
싶네요. 다음에 또 보자 연락자주 하고. 그렇게 말은 했
지만 오늘 같은 날이 또 올지 오늘 같은 우연이 또 오게
될지는 나도 잘 모르겠네요. 그래도 오늘 널 보면서 웃을

수 있었다는 게 난 그것만으로도 그저 좋기 만하네요. 언제 어디서든 오늘처럼 널 다시 만나게 돼도 '안녕 친구야!' 하면서 오늘처럼 웃을 수 있을 것 같네요.

82.

　선선한 바람이 부네요.

　며칠 전만 해도 덥다고 했는데 달력을 한 장 넘겼더니 더위도 달력과 같이 넘어 갔나 봐요. 선선하게 부는 바람처럼 오늘은 내 마음에서도 선선한 바람이 부네요. 그러고 보니 이곳에 와서 이렇게 혼자 있는 것도 오랜만인 것 같네요. 예전엔 가끔씩 이곳에 와서 너에게 못했던 말들을 하나씩 하나씩 생각하면서 정말 많이 울었던 것 같네요. 조금만 빨리 말했더라면 조금만 더 빨리 내 마음을 열어 두었다면 이렇게 아프지는 않았을 것 같아요. 조금이라도 내 맘을 알 수 있었을 테니까요.

　아직은 나 느낌표보다 물음표가 더 많은 것 같아요.

　사랑한다는 말이 그 한마디가 그땐 내게 왜 어렵기만 했는지 모르겠네요. 매일매번 내일을 약속하고 지금까지 미루기만 했는데 정말 후회되더라구요. 나 이제 말할 수 있을 것 같아요. 비록 내 앞자리에는 아무도 없는 텅 빈 자리지만 그래도 나 이제 말할 수 있어요. 사랑한다고 사랑했었다고 좋은 추억 고맙다고 이제는 말할 수 있을 것 같아요.

83.

가슴이 허전해서 이것저것 아무거나 다 넣었더니 삐 소리가 나면서 용량 초과라고 하네요. 근데 어떤 걸 빼야할지 모르겠어요. 그렇게 욕심을 부린 것도 아닌데 뭐가 그리 많다고 용량 초과라고 하는지 모르겠네요. 내 마음이 너무 작은 걸까요. 아님 묻어둔 추억이 많아서 그런 걸까요? 근데 어쩌죠? 빼야할 추억은 아무리 봐도 하나도 안 보이네요.

너무 행복했던 추억은 당연히 뺄 수 없는 거고, 아파서 많이 울었던 추억도 내겐 소중한 인연이라서 뺄 수 없고, 그냥 고민하지 않고 천천히 걸어서 갈래요. 좀 무겁고 힘에 겹지만 그래도 천천히 한발 한발 움직여 볼래요. 좀 미련하고 바보 같지만 그래도 한번 혼자서 가볼래요. 그러다 보면 언젠가는 도착하겠죠.

그때 내 모습을 상상하면 환하게 웃고 있을 것 같네요.

84.

니 자리 옆에 내 자리 내 자리 옆엔 니 자리 늘 두 자리가 필요했고, 언제나 내 자리 옆엔 니 자리가 있었고 니 자리 옆엔 내 자리가 있었고, 누가 먼저 오던 그 자리는 널 위해서 날 위해서 비워두었고, 그곳 그 자리가 언제부터인지 빈자리가 되어버렸고, 너가 없는 빈자리에 앉아서 많은 생각을 하곤 했어.

싸웠던 일부터 첫 키스를 하기까지의 그 시간들. 그 자리에 혼자 앉아있는 시간이 길어질수록 너와 함께했던 날들이 그리워지고, 혹시나 오지는 않을까. 너도 나만큼 그리워하고 있는 건 아닐까 생각해보지만 언제나 그랬듯이 내 옆자리는 비워져있고, 난 또다시 쓸쓸한 마음을 달래고 힘겹지만 그냥 쓴 웃음을 지으며 이젠 잊어야겠다는 생각을 해. 이젠 이곳도 더 이상 오지 않을래. 우리가 아닌 다른 사람들을 위해서 이 자리를 넘겨 줄때가 된 것 같아.

하늘이 유난히 맑고 이쁘게 보이는 그날, 우연히 널 만난 것처럼 오늘도 하늘이 맑고 이쁘기 만하네. 너의 이름 석자 이제 하늘에 새겨두고 내 마음 깊은 곳에 오늘을 마지막으로 나 다시 이곳에 오지 못할 거 같아.

앞으로 영원히······

85.

아쉬움이라는 가방 속에 미련이라는 짐을 담고서 한참을 걸어왔습니다. 왜 하필이면 너냐고, 주위에 있는 그 많은 사람들 중에서 왜 하필이면 너와 눈을 마주쳐 미련이라는 짐을 나 혼자서 다 감당해야 하냐고, 아무리 물어보고 또 물어봐도 아무런 대답을 들을 수가 없네요. 물 보듯 뻔한 인연인 것을 알면서도 너와 맺어진 인연이 좋아서 때론 아파해야 하는 걸 알면서도 어쩔 수가 없네요.

끝을 알면서도 시작한 인연이었습니다. 이렇게 좋아도 되는 건지 이렇게 행복해도 되는 건지 무섭기도 하고 어쩔 땐 혹시나 하는 희망도 가져보았습니다. 끝을 아는 인연이라는 걸, 모든 걸 다 알면서도 인연을 맺어야 하는 것처럼 아픈 건 없는 것 같네요.

시간이 흐르고 흘러 혹시라도 우리가 다시 인연을 맺는다면 그땐 이렇게 끝을 아는 인연이 아닌 새로 시작할 수 있는 인연 두 손 꼭 잡고 같이 걸어갈 수 있는 인연으로 만났으면 좋겠네요.

두 손 꼭 잡고 끝까지 같이 갈 수 있는 인연으로요!

86.

사랑한다는 말로도 부족한 사람이 있습니다.

보고 싶다는 말로도 부족한 사람이 있습니다.

미치도록 보고 싶다는 말로도 부족한 사람이 있습니다.

언젠가는 내 마음을 얘기해주고 싶은 사람이 있습니다.

그래서 너무나 미운데도 안보면 궁금하고 그리워지는 사람이 있습니다.

지우려 해도 지우고 싶어도 지워지지도 않고 마음 한쪽에선 지우지 말라고 날 어지럽게 만드는 사람이 있습니다.

그래서 더 애절하고 가슴속에 남는 사람이 있습니다.

그래서 그 사람만 생각하면 내 가슴이 고장 난 것처럼 눈물이 나는 사람이 있습니다.

수백 번 수천 번을 얘기해도 못 듣는 사람이 있습니다.

언제쯤이면 내 얘기가 들릴까요.

기다리다 기다리다 날 지치게 만드는 그런 사람이 있습니다.

87.

스치는 바람소리에 나도 모르게 귀를 기울이고 떨어지는 낙엽소리에도 행여나 누가 나를 보고 있는 건 아닌가 뒤를 돌아보게 됩니다. 머릿속에 가슴속에만 있는 사람인데 가끔은 나도 모르게 뒤를 돌아보곤 합니다. 이젠 내려놓자고 내려놔야 한다고 수십 번을 얘기해도 그저 메아리로만 돌아올 뿐입니다. 내가 미련해서 먼저 보내놓고서 내가 바보 같아서 먼저 어겨버린 약속인데 가끔은 그대가 밉기도 하고 원망스럽기도 합니다.

왜 내 맘을 그리 몰라 주냐고 그땐 그냥 잠깐 동안 내가 너무 힘들어서 그랬던 것뿐인데, 그렇게 쉽게 가버릴 줄은 몰라서 그런 건데, 그렇게 내 손을 쉽게 놓아버릴 줄은 몰랐습니다. 내 눈에 고인 눈물을 닦아주면서 안아줄 거라 생각했는데, 그 사람에겐 나의 눈물도 나의 마음도 보이지 않았나 봐요.

내겐 오직 그 사람뿐 이었는데, 그 사람은 아니었던 것 같아요. 그렇게 그 사람이 떠나고 많은 시간이 흘러가고 이젠 울지 않으려고 이젠 진짜 웃어보려고 했는데, 난 이젠 어른이라고 다 괜찮다고 생각했는데, 미련하게도 인연이란 끈을 아직은 놓을 수가 없네요.

　나도 정말 바보인가 봐요……

88.

혼자라서 외롭다는 생각이 들 때면, 난 혼자가 아니라고 내일은 혼자가 아닐 거라고 생각하면서 나에게 주문을 걸어봅니다. 기다리다 기다리다 지칠 땐, 내일은 누군가가 날 기다리고 있을 거라고 나에게 주문을 걸어봅니다. 마음이 너무 아파서 눈물이 흐르면 내일은 웃을 수 있을 거라고 나에게 주문을 걸어봅니다.

내게 온 사랑이 너무 아프고 너무 힘들어질 땐, 내일은 그 사랑 때문에 행복할 거라고 웃을 수 있을 거라고 나에게 주문을 걸고 하루를 마감합니다. 좋아한다는 그 쉬운 말 한마디 하지 못하고 아프고 아픈 그리운 사랑이라도 멀리에서나마 잠깐이라도 좋았던 시간들을 생각하면서 나에게 주문을 걸어봅니다.

하루에 한번은 그 사랑을 생각하면서 그렇게 나에게 주문을 걸어봅니다. 눈물이 나서 앞이 희미해져 그 사람 사진조차도 제대로 볼 수 없지만, 나 하루 중에 가장 편한 시간은 잠깐이라도 그 사람 옆에서 쉬는 시간입니다.

89.

나 이제는 모든 게 두렵고 조심스럽습니다.

누구를 좋아하고 누군가 나를 좋아한다는 게 이제는 두렵고 조심스러워집니다. 인연이 아닌 걸 알면서도 인연으로 엮이는 것도, 이루어질 수 없는 사랑이란 걸 알면서도 어쩔 수없이 사랑하게 되는 것도, 이제는 이 모든 것들이 버거워질 때가 있습니다.

만나고 헤어지고 보내고 새로 시작하는 것도 이제는 너무 아프기만 하네요. 그럴 때면 한 번도 믿지 않았던 운명이라는 걸 생각합니다. 이게 내 운명이라면 어쩔 수 없다는 것도 이젠 알 것 같습니다. 어디선가 들은 얘기지만 운명은 거부할 수 없다는 말이 진짜인 것도 같습니다. 뻔히 알면서도 말 한마디 못한 채 옆에서 바라보는 것도 내 운명이라면 받아들여야겠지요.

운명이라는 것은 웃을 때도 있겠지만 지금처럼 내 가슴에 가시를 남길 수도 있다는 거 이젠 알 것 같습니다.

90.

  스치는 바람처럼 소리 없이 왔다가 떨어진 낙엽이 소리 없이 바람처럼 날아가듯이 나한테 온 사랑도 소리 없이 왔다가 소리 없이 날아가 버리네요. 언제 떨어질지 모르는 낙엽처럼 내 사랑도 언제 날아가 버릴지 모르는 것처럼 불안하기만 합니다. 그래도 잠시나마 행복했는데 조금만 더 아주 조금만 더 내 옆에 있어주길 바라보고 또 바라보지만 결국엔 낙엽이 소리 없이 떨어져 나가는 것처럼 그렇게 가버리고 마네요.

  그땐 몰랐습니다.

  그렇게 쉽게 사라질 줄은…… 내가 너무 무심했던 걸까요? 이젠 너무 늦어버리긴 했지만 그래도 내 사랑 지켜내려고 노력했다는 것만 알아주었음 합니다. 내가 아닌 다른 사람을 사랑하고 행복해 해도 내 사랑 역시 그것보다 더 컸다는 거, 그래서 나도 한때는 행복했다는 거, 그것만이라도 알아주었음 좋겠네요.

  시간이 흘러도요!

91.

지금 와서 말하면 너무 늦은 걸까요?

맘속으로만 생각하고 머릿속으로만 생각하고 지금까지
계속 묻어두기만 했던 말인데, 이젠 너무 늦어버린 걸까
요? 아무리 불러도 아무리 얘기해도 들리지가 않나 봐요.
그렇게 오랜 된 것 같지 않은데 내 생각만 그런가 보네
요. 잠시 아주 잠시 그냥 힘들어서 생각할 게 많아서 보
고 싶어도 목소리라도 들으려고 핸드폰만 만지작거렸던
그 시간이 조금만 더 조금만 더 했던 그 시간이 내가 생
각했던 시간보다 아주 많이 흘러갔나 봐요.

이제사 나 괜찮아졌는데, 이제사 내 마음을 열고 말할
수 있게 됐는데, 난 늘 망설이다 그 시간들을 놓치고 그
러고 나서야 너무 늦었다는 걸 깨닫게 되네요. 만약에 정
말 만약에 아직도 늦지 않았다면 내 얘기 하나만 들어줄
수 있을까요? 나요, 너무 바보 같고 멍청하긴 해도 한 번
도 잊은 적 없었고 언제나 변함없이 사랑하고 그리워했
던 내 마음은 알아주길 바라요.

92.

잊지 않는다는 말, 언제나 내 옆에 있어주겠다던 말, 그 약속들은 다 어디로 간 걸까요? 그 말을 믿었던 내가 바보였던 걸까요? 언제든 떠날 수 있겠구나, 라는 생각은 한 번도 해본 적 없는데, 그런 내가 정말 미련하고 바보였던 거예요? 지금 이렇게 널 보내고 나면 널 다시는 볼 수 없을 텐데 그걸 알면서도 난 너를 붙잡을 용기가 없네요.

나 그때 그 약속들은 변치 않을 거라 생각했는데, 너무 믿었던 내가 너무 싫어지네요. 언제나 내 편이 되어주겠다던 너였는데, 나의 미련함 때문에 가슴 한쪽이 떨어져 나가는 것만큼, 말할 수 없을 만큼 많이 아파도 아무 말도 할 수가 없네요.

사는 건 다 그런 거라면서 그렇게 배워가는 거라고 말하고 있는 너가 내가 알고 있던 너와는 전혀 다르게 느껴지네요. 시간이 지나면 언젠가는 괜찮아지고 아물겠지만 그 상처를 볼 때마다 또다시 저려오는 내 마음은 어떻게 해야 하는 건가요?

93.

내 눈물이 흐르고 흘러서 가슴 깊은 곳에서 마르지 않는 작은 웅덩이를 만들게 됐습니다. 그 작은 웅덩이가 가득 차 흘러 넘치려할 때 조심스레 가슴에 손을 얹고 이제 더 이상 웅덩이가 넘치지 않도록 눈물을 보이지 않겠다고 다짐을 하고 또 합니다.

사랑이란 게 사람을 웃게도 하고 행복하게도 하지만 때론 가슴 저리도록 아파올 때도 있는 것 같습니다. 내가 원했던 건 이런 게 아니었는데 그걸 알기까지는 너무 긴 시간이 필요했던 거 같아요. 너의 사랑도 나의 사랑도 아직은 아무것도 변한 게 없는데 왜 자꾸 어긋나기만 할까요?

너와 나 정말로 인연이 될 수 없는 걸까요?

그 흔한 말 한마디로 제대로 한 적이 없는데, 너와 나의 인연이 정말로 여기까지라면 그동안 너에게 하지 못한 말들은 어찌해야 할까요? 만약에 하루만 더 나에게 너와 같이 할 수 있는 시간이 주어진다면 그때는 말할 수 있을까요? 근데 내게 주어진 시간이 너무 짧기만 한데 나 어찌해야 할까요?

이대로 그냥 있기에는 내 마음이 너무 아파오네요!

94.

내가 걷고 있는 이 길, 하루에 한번은 어쩔 수 없이 지나쳐야하는 이 길, 혼자가 아닌 둘이서 걸어 다녔던 이 길이, 이제는 둘이 아닌 나 혼자서 걸어야만 하는 길이 되었습니다. 둘이 걸을 땐 너무 짧았던 이 길이 나 혼자서 걸으려니 무척이나 길게 느껴집니다.

혼자 우두커니 걷다보면 괜시리 마음이 울컥하고 눈물이 나는 길입니다. 미안함에 울고 그리워서 울고 서러워서 울고 보고 싶어서 울게 만드는 길입니다. 이젠 익숙해질 때도 됐건만 아직은 많은 기억들 때문에 마음이 많이 아픈 길입니다.

잊어야 할 기억들이 많아서 피하고 싶지만 피할 수 없는 길입니다. 그래도 가끔은 멀리서라도 볼 수 있을 것 같아서 천천히 걷는 길입니다. 한번쯤은 날 기억해주길 바라면서 아프지만 다시 지나쳐야 하는 이 길이, 언젠가는 추억으로 남는 길이 되길 바라면서 오늘도 천천히 걸어봅니다.

95.

이별보다 더 슬프고 그리움보다 더 힘든 게 누군가의 기억 속에서 잊어지는 것 같아요. 시간이 지나면 추억으로 남을 것 같은 기억들도 조금씩 잊어지는 것 같아서 시간이 흘러가는 게 때론 두렵고 무서워질 때가 있네요. 그때 내가 왜 그렇게 가슴아파했는지, 그때 내가 왜 뒤돌아서 울어야했는지, 아무것도 기억을 못하게 되면, 나 그땐 어떻게 해야 할까요?

그저 멍하니 그때 그런 적이 있었구나, 생각하면서 그냥 그러고 말아버리면 내가 너무 불쌍할 것 같아요. 아무리 하찮고 작은 일이라도 그냥 지워져버려서 기억조차 못한다면, 나 그래서 또 아파할까봐 나 그래서 또 울게 될까봐 그래서 훨씬 더 많이 힘들어할까봐 많이 두려워요.

비록 지금은 많이 아프고 많이 힘들고 많이 서러워도 가끔씩은 기억할 수 있는 추억으로 남기고 싶네요.

96.

　내가 너무 많이 성급했나봅니다.

　내가 너무 많이 앞질러 갔나봅니다. 내 마음은 그런 게 아니었는데 내 진심은 그런 게 아니었는데, 그때는 왜 그렇게 조급했는지 왜 그렇게 빨리 서둘렀는지 모르겠습니다. 너와 나 어차피 함께 걸을 수 없다는 걸 그때 너무 빨리 알아버렸나 봅니다. 내 마음이 더 아파질까봐 내가 더 초라해질까봐 약한 내 모습을 보이기 싫어 나 혼자서 뒤돌아보지도 않고 그냥 빨리 와 버렸나봅니다.

　숨기고 또 숨기고 가슴속에 숨겨두었는데, 그 숨겨두었던 마음이 지금은 너무 많이 아프고 너무 많이 외롭네요. 내 가슴 깊은 곳에 상처로 남아있는 니 이름 석자가 생각날 때 마다, 눈물 나는 나의 모습 매일 그리워하면서도, 니 모습이 보이면 피할 수밖에 없는 내 모습 너는 모르겠지요.

　상처가 아물면 딱지가 생기고 딱지가 떨어지면 흉터가 남듯이 너는 내가 지울 수 없는 흉터입니다.

97.

말없이 앉아있음 옆에 와서 등을 대주던 친구, 어쩌면 나보다 나를 더 잘 알고 있는 친구, 언제나 같이 웃어주고 언제나 같이 울어주던 친구, 늘 같은 곳에서 늘 기다려주었던 친구, 아무도 날 대신할 수 없다고 얘기할 때 옆에서 두 손 꼭 잡아주던 널 대신할 수 없어도 같이 있어줄 수 있다고 웃으면 얘기해주던 친구, 아무리 아파도 조금만 더 버티고 있으면 금방 괜찮아 질 거라고 말해주던 친구, 오늘이 지나면 내일이 오는 것처럼 우리에게도 힘든 오늘이 지나면 희망이 보이는 내일이 올 거라고 내 어깨를 툭툭 치면서 말해주던 친구.

이젠 내가 너에게 그런 친구가 되어주고 싶습니다. 이젠 내가 너의 등받이가 되어주고 싶습니다. 이젠 내가 너의 눈물을 닦아줄 차례인데, 나 지금은 먼 하늘만 보고 있고 불러도 불러도 대답 없는 아무리 보려 해도 보이지 않는 널 그리면서 나 오늘도 그냥 니 생각만 하고 있습니다.

98.

잊고 싶어도 잊을 수가 없는 일들이 있는 것처럼 잊고 싶어도 잊을 수가 없는 그리움과 그 그리움 속에서 함께 했던 사람들이 있습니다. 웃으면서 그렇게 보냈던 날들의 그리움들도 시간이란 게 지나면 추억이 된다하지요.

사랑한 사람들에게 하지 못했던 말도, 미안했던 사람들에게 하지 못했던 말도 너무도 많은데…… 늦었지만 지금이라도 할 수 있었음 좋으련만, 이젠 들어줄 수 있는 사람이 없네요.

너무 많이 늦었나 봐요.

전 늘 이렇게 뒤늦게 깨닫고 그래서 혼자 아파했던 시간들도 유독 많았나 봅니다. 바보처럼 보내고 나서야 뒤늦게 후회하고 바보처럼 떠나고 나서야 혼자 말하고 있는 나란 아이는 정말로 어쩔 수가 없나 봐요. 그래도 단한 가지 남들보다는 추억도 많고 그리워 할 수 있는 사람들도 많아졌네요. 가끔은 그 그리움에 많이 울기도 했지만 가끔은 그 그리움들을 그리워하면서 하늘도 많이 올

려다봤어요.

  이런 날 바보라고 생각하는 사람들도 있겠지만 그래도
난 나이가 더 많이 먹으면 할 얘기도 많을 거예요. 그래
서 지금은 아프지만 나중을 생각하면서 그냥 웃곤 합니다.
  바보처럼요!

99.

나 지금은 너무 아픈데 주위를 둘러봐도 날 봐주는 사람도 없고 얘기를 나눌 사람도 보이질 않네요. 이리저리 뒤척이다 우연히 창밖을 봤습니다. 거의 다 말라버린 낙엽이 바람 따라 이리저리 흔들리고 있네요. 그러고 보니 내 마음이 추워진 것처럼 밖의 날씨도 많이 추워졌나 봅니다.

밖으로 나와 본 지가 언제인지 모르겠습니다.
혼자서 나가기엔 너무 힘들고 너무 무서워서 내일은 내일은 하다가 꽤 많은 시간을 이 작은 공간에서 보내고 있었네요. 사랑도 아니고 그렇다고 우정은 더욱더 아니구요. 나한테 오로지 너 뿐이고 내 맘속에 남아있는 것도 오로지 너 하나뿐이었습니다.

근데 이젠 널 보내야 할 것 같아요.
바람 따라 휙 하고 떠다니는 낙엽처럼 나 이제 바람과 함께 널 같이 보낼까 봐요. 너를 내 옆에서 더 잡아둔다고 해서 너는 내 사람이 될 수 없으니깐요.

100.

매일 그렇듯이 버스를 타고 귀에 이어폰을 꽂고 노래를 들으면서 창밖을 보았습니다. 분주히 왔다 갔다 하는 저 사람들은 무얼 위해서 저렇게 바쁘게 사는 걸까요? 누군가를 위해서 아님 자신을 위해서 저렇게 바쁜 거겠죠?

나 오랜만에 화장을 해보네요.

눈 화장도 하고 눈썹도 그리고 마스카라도 칠해보고 마지막으로 빨간 립스틱을 바르고 거울에 비친 내 모습을 보니 무척이나 어색해 보여요. 변하고 싶었고 그전의 내 모습에서 전혀 다른 모습으로 바뀌면, 나 조금은 괜찮을 거라 생각했는데, 근데 아무리 노력을 해도 거울을 보면 지금의 모습과 그전의 모습이 겹쳐 보여 어떤 모습이 진짜인지 머릿속이 더 혼란스러워요.

이런 방법도 통하는 사람한테만 통하나 봐요.

다시 화장을 지우고 나서 거울을 보니 나도 모르게 눈물이 흐르네요. 힘든 시간이 지나고 아픈 시간이 지나야만 그만큼 크는 거라는 말 오늘은 그 말이 가슴속을 아프고 또 아프게 하네요.

나 오늘은 정말 바보 같네요!

101.

혼사서 여기저기 정신없이 돌아다니다가 맨 처음 보이는 미용실에 들어갔습니다. 길었던 머리를 짧게 잘라 달라했습니다. 지금 무언가를 하지 많으면 내가 미쳐버릴 만큼 마음속이 복잡했습니다. 거울에 비친 어색한 내 모습을 뒤로하고선 또다시 무작정 걷기 시작했습니다.

이런 기분 처음은 아닌데 오늘은 유난히 견디기가 힘드네요. 어려운 게 사랑이고, 힘든 게 이별이라 하던데, 나에겐 바람처럼 왔다가 바람처럼 휭 하고 지나가 버리네요. 무슨 말이든 해야 했는데 입을 떼기도 전에 저 멀리 가버리고 난 멍하니 서서 그 모습반을 볼 뿐입니다. 그러고 나서 아파하고 아마 이런 나를 바보라고 둔탱이라고 하겠죠. 꼭 뒤늦게 알고 후회하는 나라는 아이는 정말 바보인가 봅니다.

늘 같은 말을 하는 나란 아이 정말 어쩔 수 없나 봐요!

102.

매일 같은 시간에 매일 같은 일을 다람쥐처럼 돌다가 집으로 가는 시간이 되면 무거워진 발걸음을 터벅터벅 걸으면서 나를 생각하곤 합니다. 허한 마음을 달래면서 걷다보면 내가 믿었던 모든 것들이 서서히 흑백사진이 되어 가는 것 같습니다. 아팠던 사랑도 가슴이 미어지는 외로움도 생각하면 할수록 서러움이 밀려와 눈물 나게 만드는 그리움도 조금씩 추억으로 되어가나 봅니다.

무성했던 길가의 나무에 붙어있던 낙엽도 하나둘 떨어지고 앙상한 가지만을 남기네요. 조금 더 지나면 아마도 하얀 눈으로 이쁘게 덮어지겠죠. 계절은 이렇게 변함없이 지나가지만 내 가슴에 있는 앙상한 나뭇가지엔 아직도 겨울인지 아무것도 덮어주지 않네요. 아님 더 많은 겨울을 보내고 더 오랜 시간을 견디어야 하는 걸까요? 아님 해답을 찾기엔 내가 너무 버거운 걸까요?

나 오늘도 변함없이 울리지 않는 핸드폰만 만지작거리다 내일은 좀 괜찮을 거라고 애써 내 자신을 위로하면서 잠을 청해 봅니다.

103.

포장마차에서 조금은 처량하게 혼자서 술을 마시고 있으면 어김없이 나타나는 오래된 친구가 있습니다. 핸드폰은 왜 안 받냐고 있는 잔소리 없는 잔소리를 퍼부으면서도 내 술잔을 채워주고 잔을 부딪쳐주는 오래된 친구가 있습니다. 아무리 아파도 아무리 힘들어도 시간이 약이라면서 넌 지금 잘 버티고 잘 이겨내는 거라고 어깨를 토닥여주는 오래된 친구가 있습니다.

가끔은 생각합니다.
이런 친구가 없었으면 나 너무 많이 힘들어지겠죠. 사는 건 다 그런 거라고 아픈 날이 있으면 웃는 날도 있고, 외로운 날이 있으면 다른 사람과 웃을 수 있는 날도 있는 거라고, 바보처럼 왜 축 쳐져 있냐고 머리를 쥐어박는 오래된 친구가 있습니다. 근데 이제 그 친구를 볼 수가 없다네요. 너무 힘들어 포장마차에서 혼자 술을 마셔도 잔소리해주던 오래된 친구를 이젠 볼 수 없다 하네요. 가끔 그 친구와 찍었던 사진을 보면서 나도 모르게 하늘을 봤

습니다. 활짝 웃는 모습을 하고 나에게 손을 흔들어주네
요. 아마도 혼자 울지 말라고 하는 거겠죠.

　오늘 유난히 그 친구랑 술 한 잔 하고 싶어 또 포장마차
를 찾았습니다.
　잔 두 개를 놓고 술을 따라서 그 친구가 앉은 자리에 놓
아두고, 내 앞에 놓여있는 술잔에도 술을 따르고, 조용히
잔을 부딪치면서 혼자 크게 말해봅니다.

　고맙다 친구야! 보고 싶다 친구야! 사랑한다, 친구야 !

104.

　지금 내 맘이 내가 느끼는 감정이 어떤 건지 너에게 무엇라 얘기할지 어떻게 표현해야 할지 모르겠습니다. 사랑도 아닌 것 같고 그렇다고 친구라고 말하기엔 더욱 아닌 것 같고 그저 애매하기만 합니다.

　언제부터 너와 내가 왜 이렇게 어색해졌을까요?

　그 흔한 친구라는 이름으로 너와 보낸 시간이 10년이 넘었습니다. 그동안 한 번도 이런 적이 없었는데, 지금은 널 볼 때 마다 가슴이 두근거릴 때가 많아졌습니다. 이런 마음이 흔히들 말하는 사랑이란 걸까요? 가슴속에서 머릿속에서 이제 너에게 얘기하자 했는데 나 자꾸만 망설여집니다.

　너에게 차일까봐?

　그런 것도 아니고 너에게도 나와 같은 맘이 있었는지가 궁금해서도 아닙니다. 단지 그냥 너와의 관계가 끝이 날까봐 난 단지 그것이 두려울 뿐입니다. 널 하루라도 못 보면 내가 너무 아플 것 같아서 난 단지 그게 무서울 뿐입니다.

105.

너무 오래된 친구라 그랬을까?

너에 대한 내 마음이 사랑이라고는 난 한 번도 생각해
본 적도 없고 생각할 수도 없었습니다. 근데 언제부터인
지 내 머릿속 반은 내 가슴속 반은 너의 모습으로만 채워
져 갔습니다. 안 보면 보고 싶고 연락이 없으면 궁금해지
고 가끔은 꿈속에서도 보이고 그런 너를 생각하고 있음
왜 내 가슴은 바늘로 찌르는 것처럼 아프기만 할까요. 마
음속에 있는 말을 못해서 내 머릿속이 정리가 안 돼서 그
런 걸까요?

근데 그 친구에게 말하고 싶은데 말하기가 너무 어렵기
만 하네요. 그 친구 옆엔 나보다 더 소중하게 생각하는
사람이 있거든요. 그 전엔 아무렇지 않게 많은 얘기들을
했는데, 지금은 가슴에 못을 박은 듯이 많이 아프기만 하
네요. 어떤 사람은 시간이 지나면 담담하게 받아들이는
데 아무래도 나에겐 더 많은 시간이 지나야 하나 봅니다.

106.

지금까지 해준 게 없어서 울고 있는 나를 보고있는 너에게 나 원래 이런 애니깐 그냥 가라고 내 팔을 잡고 있는 너의 손을 뿌리치며 못된 모습을 보이고 돌아섰는데, 나 지금 왜 울고 있는 걸까? 이래야만 너가 갈수 있을 것 같아서, 이래야만 내가 더 너한테 미안함 맘 가질 수 있을 것 같아서, 핑계 같지만 너의 맘이 조금은 덜 아파할 것 같아서, 입술을 꼭 깨물고 너의 얼굴을 외면한 채 '나 갈께!' 이 한마디만 남기고 나와서 인적이 드문 골목에서 울고 또 울었습니다. 찢어지는 가슴을 부여잡고 미친 듯이 울었습니다.

바지주머니에 넣어두었던 반지를 꺼내 다시 손에 끼우고 한참을 걷고 또 걸었습니다. 웃었던 날보다 우는 날이 더 많았던 그 시간들을 그 기억들을 작은 상자에 다 담고 마지막으로 손에 끼고 있던 반지를 빼서 상자 맨 밑에 두고서 침대 밑으로 밀어 넣었습니다. 언젠가는 한번 정도는 꺼내 볼 것 같아 아주 깊은 곳에 두었습니다. 내가 아픈 만큼 너는 행복해지길 바라면서요.

107.

오늘처럼 잔잔하게 비가 내리는 날이면 왠지 모르게 눈물이 나곤 합니다. 내 가슴속에서 내 머릿속에서 돌아다녔던 아픈 기억들이 많이 지워졌다고 생각했습니다. 사랑 같은 것 이젠 믿지 않습니다. 여기까지면 괜찮다고 이젠 괜찮을 거라고 생각했는데 오늘처럼 잔잔한 비가 내리면 나도 모르게 주춤거리게 되고 어디선가 익숙한 목소리가 들리면 길을 가다가도 나도 모르게 뒤를 돌아보게 됩니다. 아직은 아닌 걸까요?

충분히 많은 시간을 혼자 보내고 이젠 괜찮아.

이젠 괜찮아, 하고 모든 걸 접어두었습니다. 비가 내리면 왜 눈물이 나는지 아직 아무것도 모르겠지만 이젠 접고 또 접어 두렵니다. 눈물이 나와도 바보처럼 웃음이 나와도 난 나니깐 괜찮아 질 거라고 믿어볼래요.

시간이 지나고 또 지나서 내가 조금은 어른이 되면 그땐 그때는 그냥 웃을 수 있는 시간이 되겠죠. 많은 걸 지운다 해도 그래도 조금은 아픈 기억으로 남겠죠. 그리고 웃을 수 있을 거예요. 그게 바로 추억이라는 이름으로 남을 기억이 될 테니깐요.

까짓것 속는 셈치고 다시 한 번 나를 믿어보렵니다!

108.

　사랑이 아니어도 좋아요. 그냥 나 혼자 아파해도 좋아요. 힘들 때면 내 어깨를 툭툭 치며 소주 한잔 하자고 말해주는 친구가 있어 좋아요. 만나고 헤어지고 또다시 만나게 되고 그런 게 사는 거라면서 내 소주잔을 채워주던 친구가 있어 좋아요. 아무한테도 말하지 못해도 친구한테는 말할 수 있어 좋아요. 내가 웃으면 같이 웃어주고 내가 울고 있으면 내 옆으로 와서 어깨를 빌려주는 친구가 있어 좋아요. 언젠가는 서로 멀어진다 해도 늘 기억할 수 있는 시간들을 만들어줘서 좋아요. 내가 아픈 사랑을 할 때, 사랑이 전부가 아니라고 우정도 사랑 못지않게 소중한 거라고 알려줘서 좋아요. 내 초라한 모습이 남들에게 보일까봐 먼저 와서 내 그런 모습을 가려주고 내 뒷모습을 말없이 지켜봐줘서 좋아요. 이 모든 게 사랑도 아니고 우정도 아닐지라도 그냥 내 옆에서 늘 웃어주어 참 좋아요. 먼 곳을 멍하니 보다가도 내가 무슨 말이든 시작하려하면 나와 늘 눈높이를 같이하면서 내 얘기에 귀 기울여주어 좋아요. 굳이 얘기하지 않아도 나를 바라보면서 단번에 알아채고 먼저 얘기 꺼내주어 좋아요. 나중에 아주 나중에 내 나이가 중년이 된다 해도 웃을 수 있는 그리움을 남겨줘서, 그런 친구가 옆에 있어서, 지금은 내가 너무 행복해서 마냥 좋기만 하네요.

109.

40년이란 시간을 보냈습니다.

길다고 생각하면 긴 시간이고 짧다고 생각하면 무척이
나 짧은 시간들이었습니다. 많은 것들을 배우며 많은 걸
얻고 그 대신 많은 걸 잃어버리기도 했습니다. 많은 사람
들을 만나고 그 속에서 사랑도 배웠습니다. 하지만 그 대
신에 많은 사람들을 잃어버리고 많은 걸 견뎌내야 하고
참아야만 했습니다. 사랑이 다 좋은 건 아니라고 알고 있
었지만 며칠을 눈물로 보낼 만큼 많이 아플 거라고는 생
각하지 못했습니다.

이별하는 방법도 참 여러 가지 인 것 같아요.

널 사랑하기 때문에 떠난다는 얘기도 있고, 너가 내 옆
에 있으면 불행해 질 거라는 말도 있더라구요. 그래요,
나 이 나이가 되도록 사랑이란 것이 뭔지 정말 모르겠어
요. 내 옆에 있는 남자, 내 옆에 있는 딸, 그들을 보면 행
복해질 때도 있고, 때로는 화도 내고 짜증부터 나지만 그
래도 옆에 없으면 안되는 게 사랑이라면 나도 지금 사랑

을 하고 있는 걸까요?

혼란스럽고 어지럽지만 그래도 이게 사랑이라고 한다
면 나 한번쯤은 이 사랑을 믿어 보렵니다.

110.

　너무 많은 걸 받고 내가 해준 건 하나도 없어서 뒤돌아가 너를 차마 부를 수가 없었어. 너를 생각하면 그저 미안한 일들만 생각나고, 내 가슴이 너무 아파서 아무 말도 할 수가 없었어. 니 사랑받아주지 못해서 미안했고, 내 사랑 너에게 많이 주지 못해서 미안했어.

　그때 그렇게 가는 너를 잡지 못했던 내 마음을 말해주지 못했던 게 이렇게 가슴 아프게 남게 될 줄 알았다면 조금만이라도 내 마음을 말해 줄 것을 이제 와서 이렇게 후회로 남게 될 줄은 나도 몰랐거든.

　항상 늘 옆에 있었고 항상 늘 많은 시간을 보냈고, 그래서 그땐 그게 사랑인지도 그게 우정인지도 몰랐고 그게 그리 중요하다고 생각지 못했고, 그게 너무 당연한 거라 생각했던 것 같아. 그때 그 시간들이 참 좋았었다는 생각을 하게 되고 이젠 추억이라는 이름으로 남게 되겠지 그리고 그런 게 인생이라고 말하겠지.

근데 그때 너와 난 왜 그리도 많았던 걸까?

행복했던 시간도 아팠던 시간도 결국은 모두다 추억이라는 이름으로 남는 건데 말야. 지금 생각하면 그땐 너와나 참 바보였고 너무 많이 어렸던 것 같아.

111.

잊자!

이젠 잊어도 된다고 생각하지만 자꾸만 생각나고 내 머릿속에서 가물거리면서 떠오르는 얄궂은 기억들이 날 힘들게 하네요. 거울을 보면서 이리저리 꾸미고 웃어보려 하면 나도 모르게 어느새 눈물이 흐르네요.

사람들이 가끔 하는 얘기들이 있죠! 자신에 대해서 얼마나 알고 있느냐고요. 처음엔 그 말이 무슨 뜻일까 궁금했었는데 이젠 그 말의 해답을 알 것 같아요.

가끔은 웃고 있지만 내가 왜 웃고 있는지 모를 때도 있고 멍하니 하늘을 보다가도 내가 왜 여기에 있는지 모를 때도 많았던 거 같네요. 사랑이 뭔지도 모른 채 시작된 사랑에 너무 당황해서 그건 사랑이 아닐 거라고 생각했어요.

보고 싶다고 생각난다고 꿈에 보인다고 다 사랑은 아니니까요.

근데 마음이 이상해지는데 혹시 그런 게 사랑인지……
아직은 아무것도 모르겠어요. 그냥 지금처럼 볼 수만 있
다면 나 그냥 그걸로도 충분히 좋으니 변하지 않고 그냥
지금처럼만 그대로였음 좋겠어요.

그게 사랑이든 우정이든 난 그냥 이대로가 좋으니까요!

112.

이런 내 맘이 너무 미련한 걸까?

그냥 내 맘 가는대로 생각했었어. 다시 내게 아픔으로
오게 되리라곤 생각도 못했고, 조금은 아플 거라고만 생
각했는데, 지금은 내가 생각했던 것보다 더 많이 아파오
네. 그저 멀리서 바라만 본다는 게 생각보다는 더 견디기
가 힘든 일인 것 같아. 지금 내 옆에 있어도, 내 곁을 지
나쳐도, 말 한마디 건네기 힘든 내 사랑아.

오늘은 처음으로 서럽다는 생각에 밤새 울고, 아침에
퉁퉁 부은 눈을 보고서 멍하니 있으니 그냥 헛웃음만 나
오네. 사랑 이란 것 별거 아니라고 내가 너무 쉽게 생각
했었나봐.

떠나는 사람은 몰라도 남겨진 사람은 이렇게 아픈데,
떠난 그 사람은 내가 이렇게 아파하는지 모르겠지. 시간
이 지나고 계절이 바뀌면 모든 게 추억이 된다지만 난 이
런 것 정말 싫었는데, 그 사람이 이런 내 모습을 본다면
한번이라도 날 봐주지는 않을까? 이런저런 헛된 기대도

해보았는데 역시나 헛된 기대는 빛나가는 법이 없는 것 같아.

언제쯤 웃으면서 그때 그랬었다고 얘기할 수 있을까?

있는 그대로의 나의 모습을, 있는 그대로의 너의 모습만을 보았다면 지금처럼 나 많이 아프지는 않았을까? 그랬다면 내 안에 있는 얘기들을 할 수 있었을까? 가끔은 그런 생각을 하면서, 그러지 못했던 걸 후회하면서도, 널 알게 된 게 내겐 행운이라 생각해. 오늘하루도 그렇게 잠을 청하고, 내일을 기다리고 또 아픈 사랑을 기억하고, 한동안은 난 그렇게 지낼 것 같아.

113.

언제나 같은 곳을 보는 줄 알았는데, 너와 나 조금씩 다른 곳을 보고 있는 것 같아. 이쁘게 찍은 사진들이 시간이 지나면서 빛바랜 사진이 되는 것처럼 너와 나도 점점 빛바래져 가는 걸까? 첫사랑이 너무 아프고 힘들어서 두 번째 사랑은 그러지 않을 거라고, 그 무엇보다도 정성스럽고 이쁘게 꾸며왔는데, 근데 시간이란 게 나에게는 왜 그리 많은 걸 변하게 하는 걸까?

다가오는 사랑에 설레이고 흔들리는 사랑에 힘들어하고 아픈 사랑에 또다시 울어버리고 모든 게 운명이라고 생각하고, 내 인연은 따로 있는 거라고 그렇게 생각하면서 그렇게 떠나보냈지만 많이 힘든 건 어쩔 수 없는 건가 봐. 니 모습 니 목소리 너의 환한 미소가 아직은 내 옆에서 맴돌고, 아직은 지우기가 너무 힘에 겨워 지금은 그냥 앉아서 쉬고만 싶어. 왜 하필 너냐고 왜 하필 내 눈엔 너밖에 보이지 않았을까.

알다가도 알 수 없는 게 인생이라고 사람에겐 다 각자

의 운명이 있는 거라고 그런 것처럼 사람의 인연은 다 정해져 있는 거라고 사람들은 그렇게 말들 하지만 내겐 너무 어려운 게 인생이고 운명이고 인연인 것 같아.

이런 숙제를 언제쯤 풀 수 있는 건지 나도 모르겠어.

아직은, 아직까지는 넌 나의 전부이니깐!

114.

　하루 하루를 보내고 한해 한해를 보내고 나니 지금 네게 남아 있는 게 무얼까 이리저리 둘러보았습니다. 내가 하루 하루 시간을 보내고 한해 한해 나이를 먹는 것처럼 내 주위의 모든 것들도 시간처럼 흘러간다는 걸 모른 채 나만 변해간다고 생각하며 살아왔던 것 같습니다.

　시간이란 게 흘러 내가 나이를 먹는 것처럼 내 부모도 한해 한해를 보내시면서 주름살이 늘어나듯이 나이 들어간다는 걸 모른 채 살아왔습니다. 그 넓던 어깨가 턱없이 좁아지고 품에 안겼던 가슴도 이젠 내가 안아드릴 정도로 작아지셨는데, 지금까지 난 아무것도 모른 채, 내 사는 것에 바빠서 볼 수도 없었고, 볼 생각조차하지 못했습니다.

　아프다하시면 병원가시라 말만하고 맛난 걸 사드려도 왜 안 드시냐고 하면 배부르다 하시고 늙으면 입이 짧아진다는 그 말만을 그냥 믿고 흘려들었습니다. 혼자 병원 갈 힘이 없으셔서 못 가신 걸 모르고 왜 안가냐고 짜증만

내고, 치아가 안 좋아서 못 드시는 걸 모르고 서운해 하기만 했습니다.

　나이가 많으셔서 치료하기가 힘든 말을 듣고서야 뒤늦게 후회를 하면서 울었습니다. 지금 울어봤자 아무소용이 없다는 걸 알면서도 지금 내가 아무것도 할 수 있는 게 없다는 걸 알고서야 서러워서 너무 서러워서 한참을 울었습니다. 아무리 내리사랑이라 해도 내 자식이 귀한 만큼 그보다 더 말할 수 없을 만큼 내 부모도 귀한 것을 한참이 지난 지금 아무것도 할 수 없는 지금에서야 보게 되었을까요.

　오늘은 정말 많은 후회를 하고 다른 때 보다 가슴이 너무 아프고 아파서 죄송하다고 정말 죄송하다고 그리고 고맙다고 영원히 사랑한다는 말도 한참을 망설인 끝에 결국 아무 말도 못하고 마네요.
　그리 어려운 말이 아닌 것을 말이죠!

115.

사랑합니다, 아주 많이 사랑합니다.

그대를 보면 이유 없이 웃음이 나오고 그대를 보면 그냥 아무 이유 없이 행복했습니다. 그대를 볼 수 있다는 생각만으로도 마냥 좋아만 했습니다. 나에게도 눈길 한 번 주지 않는 그대지만 그래서 가끔은 서운해도 그냥 웃을 수 있었습니다.

꿈속에선 한없이 다정한 그대지만 꿈을 깨고 나면 한마디도 못 건네고 그냥 슬쩍슬쩍 쳐다보고 우연이라도 눈이 마주치면 얼굴이 화끈거려서 고개를 돌리고 행여나 내 맘 들키지는 않았는지 바보처럼 두근거리는 가슴을 진정시키곤 합니다. 어차피 이루어 질수도 없고 더는 아닌걸 알지만 내 맘이 이렇듯 움직인 건 정말로 오랜만인 것 같습니다. 난 나의 길이 있고 그댄 그대의 길이 따로 있다는 것 나도 잘 알고 있지만 이렇듯 흔들리고 움직인 건 정말 오랜만인거 같아서 난 그저 신기할 뿐입니다.

나 그동안 참 행복했습니다.

나 그동안 그대에게 너무나 고마웠습니다. 나 이제 서서히 내 자리를 찾아가야겠습니다. 이렇게 가는 게 서운하고 서러워도 이제 내 빈자리를 지키러 가야겠습니다. 그대가 그 자리에 있는 것처럼 나도 내자리가 있는 곳으로 가야 할 것 같습니다. 그대를 편하게 대하기까지 아마 조금은 오랜 시간이 걸리겠지요. 참 많이 허전할 것 같아요. 이대로 내 자리를 가야 한다는 게. 내 가슴에 눈물이 나게 하고 한동안 참 많이 아파해야겠지만 이제 돌아가야 할 때가 된 것 같습니다.

116.

내 맘을 어떻게 전해야할까요?

쳐다만 봐도 눈물이 나서 볼 수조차 없는데 이런 내 맘 어떻게 해야 할까요? 내일은 내일은 하면서 보낸 시간이 벌써 2년이 지나고, 올 겨울이 지나면 3년째가 되어 가는데, 그 흔한 인사말조차 한 번도 하지 못했네요. 우연히 마주쳐서 말 한마디 건네려 해도 가볍게 눈인사만하고 무심히 지나쳐가고 마네요. 가끔은 그리움에 잠 못 이룰 때도 많았고 그래서 인연이 아닌가보다 생각하면서 잊으려고 노력도 해보았습니다.

이런 내가 너무 보기 싫어 미친 듯이 마구잡이로 떠들어도 보고 술도 마셔보았지만 마음만 더 아플 뿐 결국은 다시 제자리로 돌아오게 되더라구요. 사랑이란 것 내겐 너무 어려운 숙제인 것 같아요. 이별은 더 어려운 숙제이구요. 그나마 조금 쉬운 숙제가 있다면 그리움인 것 같아요. 풀려고 애쓰지 않아도 시간이 지나면 어느 정도 풀리는 것 같거든요.

모든 게 날 떠난다 해도 그리움은 늘 내 가슴에 남아서 가끔은 눈물도 나게 하고 가끔은 웃음도 나오게 하네요. 시간이 지나고 그대가 아닌 다른 사람들도 알게 되겠지만 그러나 아무리 시간이 지나도 내 마음속에 남아있는 것 오로지 그대 한사람뿐이네요.

내 가슴속에 있는 내 사랑 내 이별 내 그리움과 추억들 아무리 많은 시간이 흘러도 오로지 변치 않는 건 내 마음속에 남아있는 그대 한사람뿐입니다.

117.

마음이 추웠습니다.

날씨가 추워지기도 전에 내 마음은 한겨울처럼 시려옵니다. 내가 지금 있는 곳엔 나만이 혼자 있는 것 같습니다. 한사람도 내게 다가오는 사람이 없네요. 마음이 외롭습니다. 행복하다고 늘 웃을 수 있는 사람이 될 수 있다고 생각했는데 그건 나 혼자만의 생각 이었나 봅니다. 다들 뿔뿔이 헤어지고 그들과 달리 나 혼자 헤매이다 너무 멀리 온 것 같습니다. 그동안 나 너무 내 생각만 했나봅니다.

매번 내게 물어보곤 했습니다.

난 혼자가 아니라고 생각했습니다. 근데 주위를 보면 아무도 없더라고요. 결국 내 자신이 날 가두어서 내 스스로가 혼자가 되었을 뿐인데, 나 지금까지 남을 탓하며 지내 왔더라구요. 혼자 외로움을 달래면서 내 안에 나를 가둔 채 나를 봐주기를 바랐을 뿐 내가 다가가지는 못했더라구요. 근데요. 이제 내가 내 안에서 나온다 해도 그게 참 힘든 일이더군요. 혼자서 지낸 시간이 너무 길어서 그랬던 걸까요?

근데 이상하게도 이젠 내 안에서 밖으로 나오는 게 더 어색해지네요. 누군가 내 손을 잡아준다면 누군가 나를 일으켜준다면 그땐 나올 수 있을까요? 그래도 한번쯤은 기대를 하게 되네요. 누군가 내 손을 잡아줄 거라는 희망을 한번쯤은 가져 봐도 되지 않을까요?

118.

자기는 괜찮다면서 어색한 웃음을 보이네요.

자기는 괜찮으니 걱정 말고 잘 지내라면서 애써 웃고 있네요. 모든 게 다 어설퍼 보이는데 담담한 척하는 그 모습이 너무 아파보이네요! 자기도 힘들면서 나보다 몇 배는 더 아파 보이는데 멀대 같이 키만 커가지고 바보처럼 머리만 긁적이면 웃고 있네요.

약속이 있다면서 잘 지내라고 인사 한마디 건네 놓고 성큼성큼 걸어 나가다 갑자기 내게 와서 우연이라도 아주 작은 우연이라도 길에서 만나면 반갑게 웃을 수 있는 친구가 되자면서 다시 가버리고 마네요. 주인을 잃은 내 앞자리에 놓인 찻잔에선 아직도 따뜻한 온기가 남아있고, 서러운 듯이 하얀 안개처럼 살며시 주변을 감싸다가 그 사람처럼 홀연히 사라지네요. 나 정말 나쁜 아이인가 봐요.

나만 바라보던 사람인데 그런 사람에게 모진 말을 하면서 보내버리고 마는 나 정말 나쁜 아이인가 봐요. 근데 언제까지 내 옆에 있어달라는 말은 할 수가 없네요. 늘상 내 걱정만하는 사람인데, 나 계속 그 사람에게 기댈 수는 없잖아요. 나만 아니면 그 사람 지금보다 더 행복 해질 수 있는데 그걸 뺏을 수는 없는 거잖아요.

나를 만나 행복한 시간보다는 나 때문에 걱정만하는 시간이 더 많았는데, 내가 어떻게 나만 바라보고 내 걱정만하면서 살라고 한다면 나 정말 나쁜 아이가 되는 거잖아요. 그래서 오늘은 모질게 맘 먹고 그 사람을 보냅니다. 심장이 갈라지는 것처럼 너무 아프지만 그래도 이젠 보내야 할 것 같아요.

단 하나 후회되는 게 있다면 그 사람에게 사랑한다는 말 한마디 못해 준거예요. 너보다 백배 천배는 너를 사랑한다고 이 말 한마디는 해줄 걸 그랬나 봐요.

119.

나의 믿음이 헛되지 않길 바랐습니다.

나의 그리움이 아프지 않길 바랐습니다.

너의 이름이 내 가슴에 아픔으로 남지 않길 바랐습니다.

내 눈에서 흐르는 눈물이 아픔 때문에 나오는 눈물이 아니길 바랐습니다.

너와의 시간들이 서러움이 되지 않길 바랐습니다.

내 사랑은 늘 서로 바라볼 수 있는 그런 사랑이길 바랐습니다.

내 사랑은 늘 생각하면 생각할수록 설렘에 가슴 떨리는 그런 사랑이길 바랐습니다.

헤어짐에 아쉬워하면서도 다음만남이 기다려지는 그런 사랑이길 바랐습니다.

핸드폰이 울리면 제일 먼저 생각나는 사람이 너이길 바랐습니다.

근데 왜 나의 그런 바램은 늘 어긋나기만 할까요.

너에게 얘기하려면 난 꼭 한걸음씩 늦어집니다.

다른 친구에게 도와달라고 말하는 너를 보면서 왜 난

아닌 걸까?

  아픈 가슴을 붙잡고 맘속으로만 울고 있을 수밖에 없는 내가 바보 같기도 하고 안쓰럽기도 합니다.

  해바라기처럼 한곳만을 바라볼 수밖에 없는 내가 그래서 많이 아파하는 모습이 정말 싫어지네요.

120.

하고 싶은 일도 많았고 들어야 할 말도 많았는데 결국 한마디도 못하고 한마디도 듣지 못했습니다. 사랑이라 생각했지만 내 입에서만 맴돌 뿐 사랑은 아니었나 봅니다. 우정이라 생각했지만 내 맘이 떨리고 설레이는 걸 보면 우정도 아닌 것 같습니다.

그 무엇으로도 설명할 수 없는 무언가가 내 가슴 한가운데인 명치끝을 누르고 있는 거 같아요. 그리움으로 남기기엔 너무 아쉬움이 많고 추억으로 덮어두자니 그냥 눈물만 나오네요. 지금 이런 내 맘이 사랑인지 우정인지 나도 잘 모르겠네요.

시간이 더 흘러야 하는 걸까요?

너무 편하게 대했던 것이 제 잘못일까요? 가끔은 술에 취해 그 사람의 번호를 찾아보지만 결국엔 다시 핸드폰을 덮어버립니다. 가끔씩 술에 취해서 보고 싶다면서 횡설수설하는 그 사람의 얘기를 듣고 있다가 전화가 끊어져버리면, 내 맘도 싱숭생숭 거려 잠도 못 이룬 채 뒤척이곤 합니다.

이런 걸 어떻게 설명해야할까요?

가끔은 나도 모르는 내 마음 때문에 나 역시도 힘들어지곤 합니다. 술에 취해 나에게 전화했던 그 사람처럼 나도 계속 휴대폰만 쳐다보고 있습니다.

그때 그 사람처럼……

121.

미안하다는 그 말 한마디로 모든 게 용서되는 게 아닌데, 널 많이 사랑해서 널 위해서 그런 거라고 그 말 한마디로 모든 걸 다 지울 수는 없는 건데, 그대는 모든 걸 그렇게 덮어두려 하네요.

처음엔 그런 사람이 아니었는데, 어디서부터인지 무엇부터 잘못된 건지는 모르겠지만, 그대의 말 한마디로 끝내기엔 그대와 같이했던 시간이 그대와 같이했던 추억이 너무 많은데, 그대와 함께했던 이 모든 걸 지우면 내 작은 가슴에 큰 구멍이 날 것 같은데, 그 큰 구멍을 무엇으로 채우라고 미처 채우지도 못했는데, 그 사람 그렇게 말 없이 너무나 빨리도 떠나가 버리네요.

날 지켜주겠다고 늘 내 옆에서 바람막이가 되어주겠다던 그대는 어디로 떠나는 건가요? 시간이 지나면 괜찮아질 거라고 음성메시지에 단 한마디만 남겨놓은 그대가 정말 미워지고 서러워지네요.

나 이제 사랑 같은 것 안할래요. 누구를 믿는 것도 안할래요. 그대를 처음 만난 날비가 내려 쩔쩔매는 나에게 우산을 받쳐주었던 당신모습은 더 이상 볼 수 없는 거겠죠. 오늘은 그때보다 더 많은 비가내리고 있는데도 내게 우산을 받쳐주는 당신처럼 다정한 사람은 없는 거겠죠. 이젠 그대와의 모든 걸 지워야하나 봐요.

그래도 고마워요.

그대 때문에 행복하고 웃을 수 있는 시간도 있었으니 이젠 그것만 생각할래요. 그대도 언제나 행복하길 바라요.

122.

지금 내가 말 하는 걸 너가 들을 수가 있다면, 지금 나의 마음을 너가 볼 수가 있다면, 지금 내가 얼마나 아픈지 지금 내가 얼마나 힘든지 알 수 있을 텐데, 그럼 지금처럼 아무런 예고도 없이 떠나지는 않았겠지.

넌 내가 주는 사랑만 지워버리면 그뿐이지만 난 나의 사랑도 잊어야하고 친구의 우정도 잊어야하는데, 그게 얼마나 견기 힘든 일인지 그게 얼마나 서러운 일인지 너가 알고 있다면 얼마나 좋을까.

무슨 일이든 시작하기엔 오랜 시간이 걸리는데 끝내는 것은 너무 쉬운 것 같아. 사랑도 마찬가지인 것 같아. 오랜 시간 동안 망설이다 시작했지만 결국 처음으로 돌아가는 건 너무 쉽고 아무 망설임도 필요 없는 듯 모든 게 너무 빨리 지나가는 것 같아. 아무런 준비도 못했는데 시작돼 버리고, 아무런 준비도 못했는데 그냥 끝나버리고, 내 가슴은 말할 수 없을 만큼 미어지는데 난 어떻게 해야 하는 걸까? 이렇게 계속 울리지도 않는 너의 전화를 기다리고 있어야 하는 걸까?

이젠 마음을 접을 때도 됐건만, 너의 번호를 삭제해 버리면 언젠가는 잊어 질 것을 알지만, 아직도 너에 대한 작은 희망이 있어서 아직도 너가 내게 다시 오지는 않을까? 라는 작은 미련 때문에 내 하나 남은 자존심마저 저버리고 말았어.

한번만이라도 좋으니 나 너에게 하지 못한 말 그 말 한마디만 할 수 있게 잠깐이라도 좋으니 아주 잠깐만이라도 내게와 줄 수는 없는 걸까? 너에게 지금까지 하지 못한 말 그 한마디만 듣고 간다면 나 너의 번호를

지울 수 있을 것 같은데.

한 번만 단 한 번만이라도 내게 와주길 바라……

123.

바람이 부네요 가로수 길에 심어놓은 나무에서 낙엽이
바람 따라서 풍선처럼 이리저리 떠돌아 다니네요. 인도
엔 낙엽들로 쌓이고 어떤 사람은 치우느냐고 바쁘고 꼬
맹이들은 낙엽을 주워서 하늘 위로 날리면서 깔깔거리면
서 웃는냐고 정신이 없네요.

나도 한때는 낙엽을 모았던 적이 있었어요.
낙엽위에 작은 글귀를 적어놓고 코팅해서 책갈피에 꽂
아둔 기억이 나네요. 근데 지금은 그 낙엽들을 어디에 두
었는지 기억이 안 나네요. 꼭 이럴 때면 시간이 정말로
많이 흘렀구나, 라는 생각을 하게 되네요.
그저 잘 살기 위해서 열심히 일하고 노력 했을 뿐인데,
오늘 같은 날이면 내 자신을 다시 생각하곤 해요. 무엇을
위해서 이렇게까지 정신없이 살아왔나 되짚어보기도 하
구요. 나를 위해서 쓴 시간이 얼마 만큼인지, 나를 위해
서 난 무엇을 했나 곰곰이 생각도하구요. 근데 생각하면
막상 나를 위해서 보낸 시간도 나를 위해서 투자 것도 얼

마 안 되더라구요.

그래도 후회는 안 해요. 내가 힘든 만큼 다른 사람들이 다른 가족들이 같이 웃을 수 있다면 그게 더 행복할 수 있으니까요. 근데요. 저도 가끔은 외로워 질 때가 있네요.

혼자만의 시간도 있었음 좋겠어요.

근데 그런 시간을 가지려니 아직은 할 일이 많고 내 맘이 편치가 않네요. 아님 아직 혼자인 게 두려울 수도 있구요. 산다는 거 별것 아니라고 물 흐르듯이 그냥 순리대로 살아가는 게 최선이라는 옛 어른들의 말씀을 되새겨 봅니다.

124.

혼자라는 생각이 들 때 면 언제나 너를 떠올리곤 했어.

백만 불짜리 미소보다 더 멋진 미소를 가진 너의 웃는 보습이 너무 좋았거든. 슬프고 눈물이 나려고할 땐 너와 다녔던 길, 너와 웃으면서 얘기했던 날들, 힘든 날은 서로의 등을 토닥여주고 아픈 날엔 상처를 보듬어주고 행복한 일이 있을 땐 서로 좋아해주고 그렇게 너와나 참 편하게 지냈는데, 네가 떠난 날과 동시에 모든 것들이 물거품이 된 것 같아.

나, 또다시 그런 시간들을 보낼 수 있을까?

내게 사랑은 무엇이고 우정은 무엇일까?

그 친구가 떠나고 나니 새삼스레 지난 일들이 생각이 난다. 나 이런 사람 또 만날 수 있을까? 한번 보자 그 한마디에 가슴 설레고 보고 싶다는 그 한마디에 작은 기대를 하게 되고, 누가 날 이렇게 챙겨줄까? 아쉬움에 또다시 울고 마는 내가 정말 처량하게 보이는 것 같네.

아닐 거야 아닐 거야 하면서도 기대를 하게 되는데, 이런 날 어찌하면 좋을까?

이 바보 같은 나를……

125.

나 오늘은 니 옆에 잠깐만 있어도 될까?

오늘은 너가 너무 생각난다. 오늘만 딱 오늘만 니 옆에서 아무 말 없이 아주 잠깐만 니 옆에 누워 있다가 가도 괜찮겠지. 양쪽 손을 머리 뒤로 하고 니 옆에 누워 하늘을 보니 파란하늘 하얀구름 눈을 뜨지 못할 만큼 무지 맑고 이쁘네. 너와 늘 같이 보던 하늘은 늘 맑았던 것 같아.

재잘재잘 떠들어대면 '잠 좀 자자!' 내 입을 막고 곧잘 장난을 쳤는데, 이젠 나 혼자 아무리 떠들어대도 내 입을 막지도 않고 조용히 누워만 있는 니 모습이 무척이나 낯설게 느껴져. 오늘은 유난히 니 모습, 니 목소리가 듣고 싶은데 이젠 들을 수 가 없어서 너무 답답하기만 하고, 아무 말이라도 해주면 좋으련만 뻔히 알면서도 이곳에 오게 되면 왜 그렇게 너가 원망스럽고 눈물이 날까?

영화에서처럼 바람처럼 왔다가 바람처럼 그렇게 가버린 너를 잊지 못하고 있는 나 참 바보 같지. 너도 이런 날 보면서 저 위 어디선가 바보라고 정신 차리라고 말하고 있겠지. 내가 아는 너는 그러고도 충분하니깐.

참 우습다.
사는 것도 웃는 것도 때론 혼자 가슴을 부여잡고 울고 있는 것도 시간이란 게 지나면 모두 다 허탈해 지는 건데.

126.

누군가를 생각하는 게 이런 건 줄 몰랐습니다.

누군가를 마음속에 담아둔다는 게 이런 건 줄 몰랐습니다. 사랑인지도 모르겠고 이런 내 마음이 뭔지 나도 궁금합니다. 이 세상에서 이 넓은 곳에서 이 많은 사람들 중에서 왜 내 눈엔 당신만 보였는지 모르겠습니다. 그리고 하필이면 서로 어긋나 버릴 만남이란 걸 알면서도 당신을 보게 됐는지 모르겠습니다.

비가 오는 날은 비가 오는 대로 낙엽이 쌓이는 날엔 낙엽이 쌓이는 대로 눈이 내리면 눈이 오는 대로 그렇게 누군가는 늘 내 옆에 있었습니다. 보고 싶다는 마음도 아닙니다. 그렇다고 사랑하는 맘도 아닌 것 같습니다. 단지 매일 아침에 눈뜨면 생각나고 밤에 잠들 때면 생각나는 그런 사람입니다.

이 모든 게 꿈인 줄 알았습니다.

내일 눈뜨면 이 모든 것들이 사라질 거라고 생각했습니

다. 근데 그 사람이 누군지는 알 수가 없었습니다. 오로
지 내 기억에서만 존재하는 그런 사람입니다. 사람들은
그걸 운명이라고들 하더군요. 이 많은 사람들 중에 나 그
사람을 찾을 수 있을까요?

만약 만나게 된다면 그때 나 그 사람에게 얘기 할래요.
보고 싶었다고요. 나 당신만을 기다리고 있었다고요!

127.

　보고 싶은 그대의 모습을 보면 난 슬그머니 숨어 버립니다. 얼굴은 빨개지고 가슴은 콩닥콩닥 마구 뛰고 이런 내 마음을 보이기 싫어서 늘 숨기만 했습니다. 그냥 멀리서만 봐도 괜찮다고 생각했습니다. 근데 그 사람 다른 사람들에게 자기 이제 이곳을 떠난다고 하네요. 그 얘기를 하면서 사람들과 인사를 하며 뒤돌아 나오는 모습이 너무 힘들어 보였습니다.

　그 사람에게 왜 그리 힘들어하냐고 물어보고 싶은데 괜시리 민망해 질 것 같아 물어보지도 못했습니다. 위로해 주고 싶은데, 옆에 가서 같이 있어 주고 싶은데, 내 마음과는 달리 내 발은 꼼짝을 안하네요. 연인이 아닌 친구라도 괜찮으니 이런 날은 같이 술 한 잔 마시면서 얘기해도 된다고 말하고 싶은데, 내 입은 무슨 강력 접착제로 붙여 놓은 것처럼 한마디도 꺼낼 수 가 없네요.

　나 처음부터 알고 있었어요.
　그 사람과 난 맺어질 수 없는 인연이라는 걸요. 그래도 오늘만은 그냥 말없이 옆에 있어주고 싶네요. 오기도 아니고 동정도 아니고 객기를 부리는 것도 아닙니다. 그저 그 사람의 힘든 마음 힘든 모습에 내 가슴이 너무 아프고 쓰라려 그냥 말없이 옆에 있어주고 싶은 것 뿐 이에요. 그리고 조용히 어루만져 주고 싶어요. 매일 그 사람을 볼 수 있다는 생각에 설레이면서 아침을 기다리고 오늘은 용기를 내보자 다짐을 하지만 오늘 역시 말 한마디 건네지 못하고 아쉬운 마음을 달래고 있네요.

이젠 정말 얼마 안 남았는데, 아직 한마디도 못했는데, 그 사람 다시 볼 수 없다는 생각에 자꾸만 눈물이 나려 합니다.

128.

고맙습니다. 고맙습니다!

백번을 말해도 아니 천 번을 말해도 아깝지 않은 말입니다. 근데 그땐 왜 그렇게 아끼면서 마음속에서만 말하고 말았는지 모르겠습니다.

사랑합니다. 사랑합니다!

백번을 말해도 천 번을 말해도 아깝지 않은 말입니다. 근데 그땐 왜 그렇게 아파하면서 마음속에서만 말하고 담아두었는지 모르겠습니다.

보고 싶습니다. 보고 싶습니다!

백번을 아니 천 번쯤은 내 마음속에서 수없이 되뇌었던 말입니다. 시간이 흐를수록 계절이 바뀌어도 변하지 않는 말입니다.

아프고 아프고 또 아팠습니다!

나을 듯 하면서도 또다시 아프고 아팠습니다. 근데 이

렇게 아픈데도 날 보지 못하기에 아픈 내색도 하지 못했습니다. 잡고 싶었습니다. 뒤돌아가는 그 모습을 떠나려 하는 그 마음을 잡고 싶었습니다. 근데 잡을 수가 없었습니다. 언젠가는 떠난다는 걸 알기 때문에 잡고 싶은 마음은 간절했지만 결국은 잡을 수가 없었습니다. 그래서 사람들은 이런 날 보고 바보라고 하나봅니다.

그립습니다. 너무 많이 그립습니다!

아팠지만 너무 많이 아팠지만 그래도 그땐 너를 볼 수 있어서 많이 아파도 견딜 수 있었나 봅니다. 그래서 그때 그 시간들이 많이 아주 많이 그립습니다. 두 번은 오질 않을 시간들이기에 오늘도 나 그 시간들을 그리워합니다.

129.

기다린다는 말도 못하고 기다려 달라는 말도 못했습니다.

그때 내가 해줄 수 있는 게 하나도 없었습니다. 다 시든 꽃잎처럼 나에겐 아무것도 없었습니다. 그래서 그냥 그 사람만을 바라볼 뿐입니다. 그렇게 하루하루를 보내다보니 모든 게 조금 씩 조금씩 그리움으로 바뀌더라구요. 이런 게 인생이라고 죽을 듯이 아팠던 상처도 그리움이 되고, 그 그리움 때문에 죽을 것 같아도 하루하루 살다보니 다 살게 되더라구요.

그 사람 역시 그렇겠지요.

잊지 못할 것 같아도 조금씩 잊어 지듯이 아주 가끔씩은 생각이 나서 기억을 더듬어보면 조금은 쓴 웃음도 짓게 되더라구요. 우연히 그 사람을 보게 된다면 우리의 첫마디가 무얼까요? '안녕하세요! 아님 잘 지냈어요! 아님 어디 살아요!' 도 아닐 것 같아요. 내가 하고 싶은 말은 단 한마디예요.

보고 싶었어요! 나 정말 많이 보고 싶었어요! 이 말일 것 같네요.

그리고 인사하겠죠.

'잘 지내세요! 반가웠어요! 잘 지내는 것 같아 좋아 보이네요!'

그 한마디 남겨놓고 그땐 내가 먼저 돌아서 갈 거예요.

130.

　가끔씩 술에 취해서 목소리라도 들으려고 보고 싶다고 횡설수설하던 너의 목소리에 너의 한마디에 가슴 설레고 작은 기대를 하면서 밤잠을 이루지 못했습니다. 내일 날 보면 뭐라고 할까? 기억이나 하고 있을까? 하지만 다음 날 넌 아무렇지 않게 인사 한마디 건네고 그냥 지나쳐 가네요. 그럼 난 또 긴 한숨을 쉬면서 나를 달래고 있습니다.

　오늘은 나도 혼자서 술을 마셨습니다.

　그랬더니 이상하게도 너의 목소리가 듣고 싶어지네요. 작은 소주잔에 너의 얼굴, 너의 미소가 떠오르고 술잔을 드니 그 모습들이 흔들거리네요. 너도 이런 마음이었을까?

　문득 어제 술 취해서 전화했던 너를 생각해봅니다.

　설마 아니겠지! 술 잔속에서 흔들거리는 너의 모습을 입으로 가져가 삼켜버리고, 술을 한잔 한잔 마시면서 기억이 희미해지는 것처럼 너의 모습도 점차 희미해지겠죠. 그래도 너를 좋아했던 그 시간들 그 기억들은 조금은 더 오래 머무렀음 좋겠네요. 바보처럼 말도 못하고 혼자서 가슴앓이도 했지만 그래도 이런 추억쯤은 누구나 가슴속에 남아 있잖아요.

언젠가는 웃을 수 있겠죠.
언젠가는 얘기할 수 있겠죠.
아직은 조금 더 시간이 지나기만을 기다릴 뿐입니다.
아직은 눈물이 흘러도 그냥 울고 생각나면 생각나는 대로 그냥 그렇게 두렵니다.

나 혼자 이겨내고 웃을 수 있을 때까지요!

131.

아픈 모습을 남들에게 보이기 싫어서 혼자 술잔에 술을 따르고 있으면 언제나 어김없이 내 앞에 나타나 술잔을 채워주던 나의 단 하나밖에 없는 친구. 아무것도 물어보지도 않고 그냥 양손을 턱에 괴고 조용히 쳐다봐주는 나의 단 하나밖에 없는 친구. 어떻게 보면 나보다 더 나를 잘 알고 있는 나의 단 하나밖에 없는 친구. 때로는 그런 친구가 부담스러워 피하려했지만 그래도 유일하게 나를 웃게 해주는 나의 단 하나밖에 없는 친구. 아무리 나를 귀찮게 해도 늘 졸졸 따라 다녀도 결코 미워할 수 없는 나의 단 하나밖에 없는 친구.

그때 그 친구가 없었다면 난 지금쯤 어떻게 살고 있을까? 지금 내가 이렇게 버틸 수 있는 것도 지금 내가 웃을 수 있는 것도 나의 단 하나밖에 없는 친구 때문입니다. 어찌 보면 그전의 내 웃는 모습을 찾아준 것도 단 하나밖에 없는 친구 덕분입니다. 멀리 있어도 가까이에 있어도 나의 분신처럼 늘 나와함께 하는 단 하나밖에 없는 친구.

이젠 나도 그 친구에게 그런 친구이고 싶습니다.

132.

이젠 더 이상 볼 수 없다고 합니다.

다리에 힘이 풀리고 가슴이 무너지듯이 아파옵니다. 머릿속이 텅 비어있는 것처럼 아무런 생각도 나지 않고 그냥 머릿속에 하얀 백지가 들어있는 듯 모든 게 멈춰버린 듯합니다. 내가 지금 무얼 하고 있는지도 아무것도 모르겠네요. 그냥 무작정 걸었습니다. 걷고 또 걷고 내 자신을 달랬습니다.

모든 약속이 모래성처럼 무너져 버렸습니다.

쌓을 땐 그렇게 힘들게 온 정성을 다해 쌓았건만 물이 밀려오면 한번 에 모든 것이 무너지는 것처럼 그동안 해왔던 약속들도 한 번에 무너지고 마네요. 나에겐 너무나 소중해서 그렇게 조심했던 시간들이 얼마나 오래된 시간인데 모든 게 1분도 체 안돼서 다 사라져버리네요. 걷고 또 걷고 주위를 돌아보면 그 자리가 그 자리고 결국은 벗어나지도 못하고 그 자리에서만 맴돌고 있을 뿐이네요.

어느 하나 소중하지 않은 게 없는데, 모두 다가 내겐 소중한 추억이고 소중한 기억들인데, 이젠 다르게 살아야 한다고 하네요. 또다시 조심스레 모래성을 쌓아야 한다고 하네요. 그 성에서 같이 보낼 사람도 찾으라 하네요. 얼마나 시간이 걸릴지도 모르고, 그 성으로 올 사람이 있을지도 모르겠지만, 이제 다시 시작해야 한다고 하네요.

처음부터 다시요!

133.

세상에서 가장 쉬운 변명은 널 사랑해서 널 위해서 떠
난다, 라는 말인 것 같아요. 그런 말이 거짓말인지 알면
서도 난 그 말을 믿으면서 그 사람을 보냅니다. 뻔히 다
아는 사실인데도 문득 그 말이 생각 날 때면 넓은 한강
한가운데서 혼자 소주를 마십니다. 난 괜찮아 아니 괜찮
아질 거야 하면서 술잔을 채웁니다.

소주가 쓴지 단지도 모를 만큼 마시고 나면 난 하늘의
별을 세곤 합니다. 하늘에 떠있는 별을 다 세는 날, 그날
을 기다리며 어린아이처럼 별 하나 별 둘 별 셋을 세면서
지칠 때까지 별을 세곤 합니다.

저 하늘의 별을 다 세고 나면 너가 오지 않을까?

저 별을 다 세고 나면 너를 볼 수 있지 않을까?

나 그 사람에게 많은 걸 바라지도 원하지도 않았습니
다. 근데 그 사람에겐 내가 너무 부담스러운 존재였나 봅
니다.

나 이제 누구를 만나는 게 힘들 것 같네요.

한참 시간이 지나면 그땐 어떨지 몰라도 지금은 그 사람의 자리가 너무 커서 아무것도 넣어둘 수가 없네요. 그 자리가 비워 지는 날 그땐 나도 진짜사랑을 하고 싶어요. 혼자서 하는 사랑이 아닌 둘이서 하는 사랑을요.

134.

지금까지 혼자라고 생각해 본 적은 한 번도 없었습니다.

외롭다는 생각은 가끔 해본 적 있지만 혼자라는 생각은 처음으로 해보았습니다. 나이를 먹어서일까요? 너무 바쁘게 살아온 탓일까요? 이제와 숨을 돌리면서 주위를 둘러보니 내게 남은 건 하나도 없더라구요.

생각해보면 나만을 위해서 보낸 시간은 하나도 없고, 이제 와보니 가슴이 텅 비어 있는 듯하네요. 나에게 진짜로 소중한 건 무엇이었는지, 내가 너무 많은 시간을 헛되이 보낸 건 아닌지, 오늘은 진짜로 아주 많이 외로워지네요. 그래도 지금 내가 이렇게 외로워한다고 해도 아무도 내 마음을 알아주는 사람이 없더라구요.

이런 게 인생이란 걸까요?

내가 아닌 가족들을 위해서 바쁘게 살아온 게 후회되는 건 아니에요. 단지 나를 위해서 보낸 시간이 얼마나 되는지, 내가 하고 싶은 일을 하면서 살아온 시간들이 얼마 되지 않은 것 같아서 단지 그 시간들이 아쉬울 뿐이에요.

아직 늦지 않았을까요?

나를 위해서, 나만을 위해서 조금의 시간을 써도 될까요?

나 하나만을 위해서요!

135.

매일 보고 매일 툴툴거리면서 싸워도 못 보면 괜시리 걱정되는 친구가 있습니다. 늘상 내 가방을 챙겨주고 술 먹고 헤롱거리면 제일 먼저 날 챙겨주는 친구가 있습니다. 투덜거려도 받아주고 술 먹고 힘들다하면 서슴없이 등을 내어주고 업어주는 친구가 있습니다. 서로에 대해 너무 잘 알고 있어서 그래서 너무 편했던 친구가 있습니다. 말하지 않아도 눈만 봐도 알 수 있는 그런 친구가 있습니다.

근데 그 많은 시간을 같이 보냈는데도 그 친구와 나는 아무것도 모르고 있었어요. 그런 맘이 사랑이었다는 걸요. 처음엔 그 친구와 난 아니라고 말도 안 된다고 그냥 웃어 넘겼습니다. 그런데 어느 날, 그 친구의 군대 간다는 그 말 한마디에 난 모든 게 무너지는 듯 했습니다. 사랑이 뭔지도 모르고 그저 사람이 좋았고 나와 유독 잘 통한다고만 생각했는데, 그 친구가 훈련소를 가다가 다시 돌아와서 내 귀에 작은 목소리로 속삭이더라구요.

우리 꼬맹이 나 너 많이 사랑한다. 될 수 있으면 나 제대할 때까지 기다려주라, 사랑하는 꼬맹아!

그렇게 내 머리를 쓰다듬으면서 뒤도 돌아보지 않고 뛰어가는 모습이 왜 그렇게 힘들어 보이는지. 아마 나도 널 많이 사랑하나 봅니다!

136.

많이 아프다.

몸도 아프고 맘도 많이 너무 많이 아프다. 지칠 만큼 지
쳐서 혼자 버티기 힘들 때 하필이면 왜 그때 너를 알게
됐을까? 아무런 힘도 남아있지 않은데 그래서 아무에게
나 기대고 싶었고, 누군가 내 옆에 있어주었음 좋겠다고
혼자 생각하고 있었는데, 그때 널 만나게 돼서 나도 모르
게 너의 어깨에 기대고 말아버렸어.

그래도 그때 나 많이 힘들고 아팠어도 너에게 기대면
안 되는 거였는데. 나 때문에 힘들어질 걸 알면서도, 나
때문에 상처 받을 줄 알면서도, 나 나만의 이기심 때문에
모른 척하고 지금 내가 너무 힘들어서 그냥 너에게 기대
고 말아버렸어.

매번 널 보면 편하고 행복하고 웃을 줄도 알게 돼서 난
너무 고맙고 행복했지만, 그 행복한 시간만큼이나 너에
대한 미안함과 죄책감도 커져만 갔어. 언젠가는 떠나야
하고, 그 시간이 빠르면 빠를수록 좋은데, 자꾸만 하루만

하루만 오늘 딱 하루만이야, 하면서도 나 그게 너무 힘들어서 가끔 혼자 울기도 했어. 내 아픔보다 너의 아픔이 더 클 것 같아서 내게 남아 있는 그리움보다 너가 감당해야할 그리움이 많을 것 같아.

나 쉽게 널 보내지 못한다면 내가 나쁜 아이겠지!
그래도 나 조금은 너에게 좋은 사람으로도 남고 싶어!
내 기억 모두 잊지 말고 그래도 가끔은 날 기억해주었음 좋겠는데 이젠 진짜 떠나야겠다.

나에게 행복함을 알려주고 웃음을 알려줘서 정말 고마웠어!

137.

너를 믿고 너를 믿는 만큼 너에 대해 아무것도 아는 게 없는 것 같아. 너를 사랑하고 너를 사랑한 만큼 그 사랑이 언제까지 영원할 수 있을까, 라는 불안함이 생기는 것 같아. 너와 같이 보낸 시간 동안 그 시간들 속에 진실이란 시간은 얼마나 될까? 너를 믿지 못하는 것도 아닌데, 너를 사랑하지 않는 것도 아닌데, 왜 자꾸 믿음이 어긋나는 것 같고, 내 사랑이 진짜일까, 라는 생각이 점점 커져가는 이유는 뭘까? 시간이 지날수록 점점 힘들어지는 이유는 뭘까?

가끔은 떨어져 있는 것도 괜찮다고 하는데, 너가 내 옆에 없다는 게 더 힘든 일인 걸 어찌하면 될까? 너에 대한 믿음, 너에 대한 사랑을 한 번도 걱정한 적은 없었는데, 오늘은 왠지 조금은 불안해지는 것 같아.

이 모든 게 다 내 걱정이길 바라고, 내가 잘못 생각하는 거라 생각하면서 오늘은 날 믿는 연습부터 해볼까해. 그럼 너에 대한 믿음도 너에 대한 사랑도 더 깊어 질 수 있겠지. 내가 널 믿는 만큼 너도 날 믿고 사랑 하는 거 잘 알고 있으니깐. 우리 믿음, 우리 사랑 영원히 함께 할 거라 믿으면서 매일 그렇듯 오늘도 너에게 편지를 쓸란다.

138.

그땐 그 흔한 말 한마디 못하고 보냈습니다.

말할 용기도 없었고 들을 준비도 안 돼서 그냥 피하기만 했습니다. 늘 너의 뒷모습만 보고 있을 것 같아서 뒤를 돌아보지도 못했습니다.

그렇게 몇 년을 보냈습니다. 가슴 아린 일들도 눈물 날만큼 힘든 날들도 어느새 가슴 한곳에 고이고이 접힌 채 한쪽에 조용히 놓여있습니다. 뽀얀 먼지가 앉은 채 꽂아둔 책처럼 그날 이후로 한 번도 꺼내 본 적이 없었던 것 같습니다. 손이 가도 움찔하면서 뒤로 손을 빼게 되고 아직 시간이 더 필요한 걸까요?

내 자신에게 묻고 또 물어봅니다.

아직은 눈물이 납니다. 아직은 조금 그리워지기도 합니다. 만나고 헤어지고 또 만나고 어느 가수의 노래가사처럼 보낼 줄 알아야 또 다른 시작을 할 수 있다는 노랫말이 머릿속에서 빙빙 맴돌고 있습니다. 다른 사람들도 그럴까요? 내가 너무 둔한 걸까요?

아직은 아무것도 모르겠습니다.

내가 어찌해야 되는지. 지금은 나 아무것도 모르겠어
요. 가슴속엔 물음표만 잔뜩 쌓이고, 그냥 시간이 흐르는
데로 하나씩 하나씩 풀어 볼랍니다.

그럼 언젠가는 해답이 나오겠죠!

139.

많이 힘들다고 많이 외롭다고 쉴 새 없이 보챘습니다.

내 투정도 다 받아주고, 싫다는 말 한마디 안하고, 언제나 내 옆에서 한 결 같이 웃어주던 사람이었습니다. 언제나 그 사람이 모든 걸 다해주었고, 그게 점점 더 당연하게 되고, 어쩌다 그 사람이 잠깐이라도 연락이 되지 않으면 늘 불안했고, 그러다 연락이 되면 이유도 안 물어본 채 화만 내곤 했습니다. 그런 나에게 미안하다고 꼭 안아주던 사람이었습니다.

근데 그 사람이 언제부터인지 힘들어하는 것 같네요.

왜 그러냐고 물어보면 늘 아니라고 난 괜찮은데 왜 그러냐고 웃어주던 사람이었습니다. 나 이제는 그 사람에게 힘이 되어주고 싶은데 늘 받기만해서 무얼 어떻게 해야 할지 하나도 모르겠습니다.

자기는 괜찮다고 그냥 아무 말 없이 아무것도 묻지 말고, 아무데도 가지 말고, 자기 옆에서 손만 꼭 잡고, 무슨 일이 있어도 자기손 놓으면 안 된다고 하네요. 그것만으로도 자기에겐 큰 힘이 된다고 혼자 있게 하지 말라면서 내 어깨에 살며시 기대며 눈을 감네요. 든든하고 늘 커 보이기만 했던 그런 사람이었는데, 내 작은 어깨에 기댄 모습이 오늘은 왠지 안쓰러워 보이네요.

그렇게 한 20분정도 있다가 씩 웃으면서 한다는 말이 '살 좀 쩌라. 살이 없어 뼈에 기대고 있는 것 같다.' 면서 내손을 잡고 일어나네요. 늘 내가 먼저 집에 들어가는 모습만 보여서 오늘은 먼저 가라고 버티고 있으니깐 머리를 긁적이면서 뒤돌아가며 한 번씩 손을 흔들어주네요. 나도 같이 손을 흔들어주며 그 사람이 안 보일 때 까지 서 있다 들어왔는데 오늘은 왠지 내 마음이 너무 아프네요.

140.

너가 힘들다 말할 때 난 왜 너의 말을 제대로 듣지 못했을까? 그냥 내가 싫어 졌구나! 나 혼자 생각하고 헤어지자고 말했는데, 그때 너의 그 말이 무슨 뜻 이었는지 이제야 알게 되었어. 왜 넌 바보같이 그때 나에게 아무 말도 못하고 내 말만 듣고 있었을까? 차라리 그때 내게 화라도 냈더라면 지금처럼 혼자 멍하니 있지는 않을 텐데, 나란 아이 너에게 무척 잔인했던 것 같아.

5분이면 됐을 텐데!

5분만 참고 너의 얘기를 들어주었다면, 나 이렇게 잔인한 아이라고 자책하지는 않았을 텐데. 그 5분을 참지 못한 내가 너무 밉다. 우리 이제 힘들겠지. 처음으로 가기엔 너무 먼 길을 온 걸까? 다시 시작하기엔 너무 늦어 버린 걸까?

한번만이라도 그때로 돌아갈 수만 있다면 얼마나 좋을까? 지금처럼 후회도 안하고 말야. 지금 와서 생각한들 다 부질없다는 걸 알면서도 널 다시 볼 수 있다면, 내게 그런 기회가 다시 온다면, 그땐 널 놓치지 않을 거야. 행여라도 아주 작은 1%의 희망이라도 내게 주어진다면, 그때에는 너 나에게 다시 와줄 수 있겠니?

널 그리워하고 있는 나에게.

141.

꿈도 많았고 하고 싶은 것 도 많았습니다.

이 세상이 참 넓다고 생각 했습니다. 어릴 적 내가 꿈꿔 왔던 모든 것들을 다 이룰 수 있다고 생각했습니다. 그러다 하나하나 내 꿈들이 나와 멀어지면서 나도 많은 걸 배우고 많은 걸 알게 되고 그렇게 인생을 배워갔습니다. 그것이 힘든 일이든 좋은 일이든 어차피 내가 다 해결해야 한다는 걸 알고 나서는 인생이란 게 결코 만만하지는 않다는 걸 또 배우게 되었습니다. 눈물이 나도 참아야하고, 그것보다 더 힘든 건 그런 표현을 마음대로 할 수 없다는 겁니다. 사랑도 우정도 때론 내게 사치스러운 일이란 걸 알게 되었습니다.

어제보다는 지금을 지금보단 내일을 생각하면서 사는 것. 그것만으로도 버거울 거라는 그 말이 무슨 말인지 이제야 알 것 같네요. 그래도 나 가끔은 숨 쉴 여유는 있었던 것 같아요. 사는 게 인생 이라는 게 다 그런 거래요. 잃으면 얻는 것도 있고, 모르는 게 있어서 끙끙 앓고 있음 배워지는 것도 있는 거고, 사랑이 전부라고 그 사람밖에는 안 보이겠지만 사랑이 전부가 아니고 세상엔 그 사람만 있는 게 아니라고 아픈 사랑 저린 사랑 쓰린 사랑이 있다면 웃을 수 있는 사랑도 있는 거라고, 그런 게 다 인생이라 하네요.

지금 당장 아프고 잊을 수 없을 것 같겠지만 시간이 지나면 다 추억이 되고 칼라사진이 바라지는 것처럼 그런 추억이 된다하네요.

시간이 지나면!

142.

빛바랜 사진처럼 모든 게 다 희미해져갑니다.

내가 누군지도 서서히 잊어져 가는 것 같습니다. 붙잡으려 해도 손가락 사이로 물이 새는 것처럼 아무것도 붙잡을게 없네요. 누구에게 물어봐야할까요? 누구에게 도와 달라 할까요? 근데 지금은 그럴 용기가 없네요. 내 맘을 얘기해야 한다고 늘 생각하고 있지만 그게 그리 쉽지만은 않네요. 바보 같다고 넌 왜 그리 멍청하냐고 내 머리를 내가 쥐어박고 긴 한숨을 쉽니다.

이제 다시 처음부터 시작해야 하나봅니다.

끝이 있어야 또다시 시작할 수 있는 것처럼 나도 다시 처음부터 시작해야 하나 봐요. 지금보다 더 많이 힘들고 아플지도 모릅니다. 지금보다 더 많이 외로워질지도 모릅니다. 그리고 그러면 안 되겠지만 또다시 시작할 수 없을지도 모릅니다. 지금 다시 시작해야 하는 건지 아니면 여기서 그만해야 하는지도 모르겠습니다. 무섭다는 핑계로 그만두고 싶지도 않고, 다시 아플까봐 여기서 그만하고 싶지도 않습니다.

어떤 게 맞는 걸까요?

시작한다 해도 내가 감당할 수 있을지, 지금 멈추고 계속 외로워해야 하는 건지, 내게 인생은 참 어려운 숙제인가 봅니다. 어쩌면 영원히 풀 수 없는 문제가 될지도 모를 것 같네요.

143.

응어리가 깊으면 깊을수록 마음은 그보다 더 많은 짐이 되어 훨씬 더 무거워 진다고 하네요. 길가에 얼어붙어 있는 고드름이 시간이 지나면, 녹는 것처럼. 가슴속 응어리도 길가에 얼어붙은 고드름도 그대로 저절로 녹을 수 있는 시간이 필요하다고 하네요. 봄이 오면 여름이 오고 여름이 오면 가을이 오고 가을이 오면 겨울이 오고 또다시 봄이 오는 것처럼 모든 인생이 돌고 도는 거라 하네요.

그래서 일까요?

계절마다 자꾸만 생각나는 가슴 저린 일들이 떠오르곤 해요. 같이 가자고 늘 함께 있자고 했던 그 말들이 떠오르다 희미해지곤 하네요. 거짓인줄 알면서도 믿게 되고 실망하게 되고 하지만 또다시 믿으면서 살게 되네요. 나 그동안 잘못한 것도 많고 후회되는 일도 많았네요. 그게 쌓이고 쌓여서 응어리가 되고 이젠 그 응어리를 조금씩 녹여볼까 해요.

그래야만 내 작은 가슴에도 여유라는 게 생기니깐요.

144.

그땐 몰랐어!

내가 왜 그렇게 힘들고 너가 왜 그렇게 힘들어 했는지. 왜 그런 건지 아무것도 알 수가 없었어. 모든 건 사랑으로 다 이겨낼 수 있을 거라는 내 믿음이 산산이 부셔져버리고, 다시는 되돌릴 수 없다는 걸 알게 되기까지는 그리 오래 걸리지는 않았는데, 지금 마음을 아무리 다독거려도 아무리 추슬러보려고 하는데, 그 시간은 너무 길기만 한 것 같아.

지금부터 얼마나 더 많은 시간이 흘러야할지 아무런 약속도 없이 하루하루 지날 때마다 마음만 아파오는 것 같아. 다른 누군가를 만나다는 게 다른 누군가를 이해한다는 것을 내가 너무 쉽게 생각한 것 같아. 하루가 지나고 일주일이 지나고 한 달이 지나고 일 년이 지나고 또다시 일 년이 지나도 알 수 없는 게 사람 마음인 것 같아.

지금은 아무리 생각해도 아무것도 모르겠어.
내가 잘 견뎌내고 있는 건지 또다시 사랑이란 걸 할 수 있을지 아무리 생각을 해봐도 알 수가 없는 것 같아. 강물이 흐르면 흐르는 대로, 시간이 흐르면 흐르는 대로 놔두면 정답이 나올까? 지금은 그냥 내 모든 것들을 시간 속에 강물 속에 넣어두고 흐르는 대로 그렇게 놔두는 게 맞는 것 같아.

　억지로 한다고 해서 모든 것이 내 맘처럼은 안 되는 거니깐!

145.

너를 처음 봤을 때부터 그때부터였던 것 같아.

지금은 시간이 지난만큼 기억이 가물거리네. 그래도 야구잠바에 모자를 눌러쓰고 다른 친구들과 얘기하고 웃었던 모습만큼은 또렷이 기억나네. 그리 잘 생기지도 않고 나와는 늘 멀리 있어 말 한마디 건넬 수도 없었지만 그래도 너의 목소리가 들릴 때면 늘 내 가슴은 콩당콩당 마구 뛰고 혹시라도 내 옆을 스칠 때면 숨도 쉴 수 없을 만큼 내 맘이 많이 설레이곤 했어.

오늘은 말할 수 있을까?

내일은 인사라도 할 수 있을까?

매일 잠자리에 들면 늘 이런 생각을 하면서 너의 웃는 모습을 생각하면서 잠들곤 했어. 정말 많은 시간이 흘렀지. 지금 내 앞에 있는 널 보면서 환하게 웃을 수 있다는 게 신기하네. 조금은 아저씨 같고 배도 약간 나오긴 했지만 너의 웃는 모습은 그대로인 것 같아.

니 눈에 지금의 난 어떻게 보일까?

니 모습이 변한만큼 나도 많이 변했을 거야. 나도 이젠 아줌마니깐. 그래도 오늘처럼 예전 친구와 만나는 날이 오니깐 어색하면서도 기대되고 설레이기도 하네. 몇 십 년이 더 지나면 우리는 또 다른 모습으로 변해있겠지. 그래도 단 하나 변치 않는 건 그래도 우리는 변함없는 친구라는 생각이 들어.

그것만큼은 변하지 않을 거야, 우린 친구니깐!

146.

아픈 마음 아픈 몸을 이끌고 오랜만에 이곳에 왔습니다.

그동안 많은 것들이 변했네요. 땅바닥에 신문지 깔고 둥글게 모여앉아 소주잔에 마른 오징어로도 만족했던 정말로 행복했던 시간들이었습니다.

그땐 뭐가 그리 좋았는지 매일 봐도 지겹지 않은 사람들이고 내겐 둘도 없는 소중한 사람들입니다. 지금 그때처럼 그랬다면 아마도 주책이라고 하겠죠. 아님 경찰서를 갈 수도 있구요.

시간이란 게 이럴 땐 참 빠르기도하죠.

그 사람을 만나는 날이면 늘 설레이고 좋았던 시간들이었네요. 누가 그때 뭐가 그리 좋고, 뭐가 그리 신나느냐고 물으면 그냥 좋았다고 말할래요. 진짜 이유가 없거든요. 그냥 그 시간이 소중했고 그 사람들이 소중했던 거 말고는 아무것도 없거든요. 지금 누가 나에게 한가지의 소원을 들어준다면, 나 그냥 그 사람들과 웃었던 시간으로 딱 하루만 보내달라고 하고 싶네요. 지금처럼 그냥 웃음이 아닌 마음속으로 웃을 수 있는 시간이 그립네요.

　해가 점점 기울어지네요.
　바람도 꽤 매섭게 불어오네요.
　이젠 그만 가슴속에 담아둘래요.
　아직은 눈에 선한 그 시간 그 사람들의 모습을 내 작은
가슴에 담아두고 이젠 진짜 가야겠네요.
　근데 왜 난 움직일 수가 없는 걸까요?
　내 눈에 고인 눈물은 계속 흐르고 있는데!

147.

미워하면서도 사랑하는 맘이 너무 커서 미워하는 마음도 잊게 해주네요. 난 늘 너의 뒤에 있는데, 늘 그 자리에 있는데, 야속하게도 한 번도 뒤를 보지 않네요. 늘 다른 사랑을 하고 다른 사랑만 찾고 있네요. 내 사랑도 있는데, 그 누구에게도 뒤지지 않을 만큼 큰 내 사랑도 있는데, 일직선이 아니면 늘 평행선을 걷고만 있네요.

그 사람 왜 나를 보지 못하는 걸까요?

투명인간도 아니고 늘 주위에 있는데, 그 사람은 옆도 안보고 뒤도 안보고 그냥 앞만 보고 가네요. 그래서 가끔은 많이 울기도 해요. 그래도 후회는 안 해요. 그 사람 가끔 미워지긴 해도 그래도 원망하지는 않아요. 왜냐면 그 사람이 내가 살아가는 이유거든요. 하루라도 안보면 걱정되고 옆에 있어도 멀리 있어도 걱정되는 사람이에요.

이런 내 맘이 언제쯤 그 사람에게 전해질까요?

아직 내게는 그 사람 하나밖에 없어서 가끔은 뒤에서

그 사람을 볼 때면 내 마음이 많이 외로워지네요. 오늘도 난 작은 기대를 해봅니다.

　내일은 나에게 용기가 생겨서 그 사람 앞에서 나 좀 봐 달라고, 나 당신을 사랑한다고 그렇게 말할 수 있는 용기를 달라구요.

148.

사람들을 만나고 그 속에서 내가 살아있구나, 라는 생각을 합니다. 있는 듯 없는 듯 말없이 조용히 지내가다도 가끔씩 사람들과 어울릴 때면 그때서야 내 이름 석자를 기억합니다. 난 늘 언제나 그런 존재인가 봅니다. 밤하늘에 무수히 떠있는 별들처럼 나도 수많은 사람들 중에 한 사람일 뿐입니다. 특출나지도 않고 그냥 그렇게 말없이 조용한 한사람일 뿐입니다.

누가 나를 봐줄까?

그런 기대도 안하고 말없이 사람들과 어울리다 같이 웃으면서 얘기하면서 보내는 시간들 난 그걸로도 충분했습니다. 그 사람을 보기 전까지는요. 그때까지만 해도 난 아무것도 몰랐으니깐요. 내게도 그런 감정이 있었다는 게 믿어지지가 않았습니다. 그 사람을 만나기 전까지만 해도 이런 일이 내게 생길 거라는 건 상상도 못했습니다. 아닐 거라고 아니라고 그런 일은 없을 거라고 굳게 믿었던 내 믿음이 이렇게 쉽게 무너지고 말았습니다. 그래서 사람들은 입버릇처럼 말하나 봅니다.

인생은 어떻게 될지 모르는 거라고!

149.

눈이 오네요!

눈 내리는 거리를 걸어본 게 언제인지 모를 정도로 쌓인 눈에 발자국을 찍어봅니다. 우산을 쓴 사람도 있고 부지런히 걸어가는 사람도 있네요. 날이 어두워져서 가로등 불에 비치면서 내리는 눈이 정말 이쁘네요. 오랜만에 걸으면서 느끼는 생각 때문인지 갑자기 그대가 생각나네요. 생각해보면 너와 눈 오는 거리를 걸어 본적이 없는 것 같네요. 손 한번 잡아보지 못하고, 하고 싶었던 말도 괜시리 어색해질까봐 하지 못했는데, 이제 와서 생각해보니 내가 참 바보였네요.

늘 내게 우리 꼬꼬마라고 불러주던 너였는데, 오늘은 니 생각만나고, 니 생각 땜에 마음이 아려오네요. 어차피 이리될 것 알았다면 그때 조금 더 용기를 내볼 걸 그랬나봐요. 내게는 오지 않을 것 같았던 사랑이란 게 이렇게 아프게 올 거라고는 생각하지 못했는데, 막상 겪고 보니 정말 많이많이 아프네요.

150.

왜 내 사랑만 이렇게 아픈 걸까요?

왜 내 사랑만 이렇게 힘든 걸까요? 차라리 이런 감정을
몰랐다면, 사랑이란 게 내게 오지 않았다면, 나 지금 이
렇게 힘들지는 않았을까요? 사랑이란 감정을 처음부터
몰랐다면 지금 나 이렇게 아픈 가슴을 달래지 않아도 됐
을까요? 사랑을 하자마자 이별을 생각해야 하는 이런 사
랑 나 혼자 감당하기엔 그저 버거울 뿐이네요. 내가 지금
이 곳에서 갑자기 없어진다면 날 생각해주는 사람은 얼
마나 될까요?

시간이 흐르면 그 사람들의 기억속에서도 언젠가는 잊
어 지겠죠. 언제 어디에 있든 간에 날 기억해 준다던 사
람들도 나란 아이를 서서히 잊어가겠죠. 그래도 내가 하
나 바라는 게 있다면, 가끔은 아니 1년에 한번쯤은 날 기
억해주길 바라요!

가끔은 이곳에서 벗어나고 싶다는 생각을 하곤 했어요.
내 존재가 그리 크지 않다는 걸 알기 때문에 어쩌면 더

망설여지는지도 모르겠어요. 가끔은 혼자이고 싶은데, 나 아주 가끔은 아무 걱정 없이 살고 싶은데, 그게 쉬운 일인 줄 알았는데, 내게만 그런 건지 그리 쉽지만은 않네요.

　모든 걸 참아야하고, 모든 걸 이해해야 하고, 모든 걸 양보해야만 하고, 모든 걸 따라야하는 내 자신이 너무 보잘것없어 보이지만, 결국은 사람들이 원하는 쪽으로 따라가고 마네요! 그렇게 안하면 내가 더 힘들어 지니깐요! 근데요, 이젠 그렇게 남들에게 맞추면서 사는 게 싫어지고 점점 지쳐가네요! 나도 이제는 나를 위해서 살고 싶고 나의 얘기도 하고 싶어요. 너무 늦지 않았다면 지금부터라도 그렇게 살고 싶어요.

　지금부터라도요!

152.

울지 않으려고 억지로라도 웃어보려고 애쓰고 있는데 내 눈엔 자꾸 눈물만 고이네요. 너를 보고 웃어주어야 하는데 눈물이 고여서 너의 모습이 자꾸만 흔들거리고 있네요. 사랑도 아니고 우정도 아니고 그냥 애매모호한 관계가 내 마음을 더 흔들리게 하는가 봐요. 너를 보면서 무어라 말해야 하는지, 널 보고 있는 게 왜 이렇게 어색해야만 하는지, 나도 모르겠네요.

너의 팔에 자연스럽게 팔을 끼고 웃는 너의 여자 친구가 정말 이쁘네요. 가끔은 그 자리가 내 자리가 되었음 좋겠다는 생각도 했었는데, 결국 그 자리는 내 자리가 아니었나봐요. 서로 챙겨주고 웃는 모습이 정말로 이쁘고 행복해 보이는데, 그래서 나도 같이 행복할 줄 알았는데, 나 왜 이렇게 가슴한쪽이 아려올까요.

자꾸만 눈물이 고여서 조용히 그 자리를 나와서 무작정 걸었어요. 이런 자리인줄 알았다면 처음부터 오지 않았

을 텐데. 널 볼 수 있다는 기대에 한껏 치장하며 나왔는
데 이런 내 모습이 왠지 초라해 보이네요. 오늘 하루는
내가 태어나서 보낸 날 중에 제일 슬픈 날로 기억될 것
같네요.

153.

아무 생각 없이 너무 먼 길을 걸어온 듯합니다.

아무 말도 없이 그냥 이 길이 내 길이려니 생각하면서 쉼 없이 부지런히 걸어왔습니다. 근데 걷다보니 문득 이 길이 내가 지금 가고 있는 이 길이 정말 맞는 걸까? 자꾸만 자신이 없어지고 내 맘이 흔들리려 합니다. 많이 힘들어 하고 많이 지쳐할 때, 말없이 내 어깨를 토닥이며 웃어주었던 그 사람이 그리워지네요. 내가 너무 늦게 가는 건지 아님 그 사람이 너무 앞서 가는 건지 아무리 뒤를 보고 앞을 보아도 그 사람을 찾을 수가 없네요.

그 사람을 찾아보려고 뒤를 보면 내가 너무 온 것 같고, 앞을 쳐다보면 갈 길이 너무 막막하기만 하네요. 이럴 땐 어찌해야 하는 건지 쉬어가야 하는 건지 아님 계속 가야 되는 건지 어찌해야 할지 모르겠습니다.

그냥 마음만 갑갑하고 아플 뿐입니다.

언젠가는 알 수 있겠죠. 언젠가는 웃을 수 있겠죠. 흔들의자에 앉은 채 오늘을 생각하면서 그렇게 웃는 날이 오겠죠.

시간이 흐르고 계절이 바뀌고 세상이 변해가는 것처럼요!

154.

하나를 얻기 위해서 많은 걸 버려야하는 것처럼 나 당신을 만나기 위해 그동안 나 혼자 많이 아파했나 봐요. 나 당신에게 많은 약속을 해주지 못해도 나 하나만은 약속할 수 있어요. 나에게 마지막 사랑은 당신뿐이라고.

시간이 지나다보면 많이 힘들 때도 있고 우는 날도 있을 거예요. 그래도 하루하루 당신에게 내 맘을 다 열어주지 못해 미안해요. 조금만 나를 믿고 기다려준다면 내 맘 당신만 볼 수 있게 열어둘 테니 조금만 기다려주세요. 아직은 그전 상처들이 덜 아물었는지 조금은 망설여지네요. 그 상처가 아물면 당신께 갈 수 있을 테니 조금만 기다려주세요. 이제 내게 남은 마지막 믿음은 당신뿐입니다. 이제 내게 남은 마지막 희망도 당신뿐입니다.

이제 내게 남은 마지막 사랑도 오로지 당신 하나뿐입니다.

155.

그때는 몰랐었어!

너가 떠난 후에야 알게 됐어. 너가 나에게 어떤 존재였는지! 나 사랑이 뭔지 어떤 감정인지 아직은 아무것도 몰라. 그냥 너가 없으니깐 너무 이상하고 자꾸만 걱정되고 보고 싶고, 머릿속에선 너의 얼굴만 계속 맴돌고, 가슴 한구석이 허전하고 가슴 한구석이 뻥 뚫려서 바람이 새는 것 같아.

너와 비슷한 목소리가 들리면 쳐다보게 되고 만약에 진짜 만약에 이런 감정 이런 느낌이 사랑이라면 나도 지금 사랑을 하고 있는 걸까? 만나는 시간을 그리 오래 걸렸지만 서로 등 돌리고 걸어가는 건 왜 그리 쉬운 걸까. 그만큼 힘들게 만났는데 왜 그리 빨리 등 돌리게 됐는지 그러면서도 아쉬움에 멈칫멈칫 뒤를 돌아보게 되는 걸까?

혼자서는 제대로 갈 수도 없으면서도 혼자 가겠다고 왜 그리 고집을 부렸을까?

알 수 없는 내 맘 때문에, 이유 없는 내 행동 때문에, 너를 너무 많이 힘들게 하고, 나 역시도 많이 힘들어했어.

그땐 무엇 때문에 그랬는지 어떤 것 들이 날 막고 있었는지 나 아직도 모르겠어. 그때 너와 함께했던 그 수많은 약속들이 밤하늘의 별처럼 반짝거리면서 하나둘 떠오르고 내가 지키지 못했던 사소한 약속들도 하나둘씩 생각이 나네.

이젠 너무 늦은 거겠지.

너에게 다시 간다면 그때보다 훨씬 더 잘해줄 수 있을 것 같은데 지금은 너무 늦은 거겠지! 밤하늘에 떠있는 수많은 별들 속에서 딱 하나 눈에 띄는 별이 있는 것처럼 내 가슴속에 있는 수많은 사람들 중에 넌 유일하게 내 눈에만 보이는 친구였어. 점점 더 사랑으로 변해 가는 게 조금은 어색했지만 그래도 넌 나에게만 보이는 단 하나의 별이야.

156.

보고 싶습니다.

그립습니다.

너무 많이 힘듭니다.

어렵게 한 약속 너무 쉽게 잊어버리고 간 사람이지만 미련하게도 나 아직은 그 약속을 기억하고 있습니다. 나 아직은 그 약속을 잊기가 힘든 가 봅니다. 약속은 지키는 거라면서 언제나 내 옆에 있어주겠다던 그 사람이 그 약속을 잊은 건지 내게서 멀리 떠났습니다.

아직은 아무것도 모르겠습니다.

아직은 믿고 싶지도 않고 믿을 수도 없습니다. 하늘을 보면서 바다를 보면서 그렇게 한 약속인데 그 사람 그 약속들을 뒤로 한 채 떠나버렸습니다. 나 많이 울었습니다. 그 사람과의 기억들이 너무 많아서 그 사람이 떠난 지 3년이 된 지금도 나 아직도 그 시간들 속에서 헤어 나오지 못하고 있습니다. 이만하면 됐다고 이젠 모두 정리하고 정신 차리라 하는데 나 아직도 그 시간들이 잊어지지도 않고 믿어지지도 않습니다.

　하늘은 알까요?

　이런 내 마음을! 바다는 알까요? 왜 번번 히 혼자 오는 지를. 눈물이 나서 앞이 보이질 않습니다. 마음이 찢기듯 너무 아파서 움직일 수가 없습니다. 나 오늘은 이곳에서 당신이 있는 이곳에서 조금만 쉬었다 가렵니다.

157.

너의 사랑이 없어도 이곳이 낯설어도 나 살아갈 수 있다고 생각했는데 내 맘과 달리 너무 힘든 일인 것 같아요. 내 편이 되어주던 네가 없어도 나 잘 버틸 수 있다고 생각했는데 내가 너무 쉽게 생각한 것 같아요. 힘든 시간이 지나면 맘 아파 울었던 시간이 어느 정도 지나면 웃을 수 있다고 생각했는데, 내가 너무 쉽게 생각한 것 같아요. 그 시간들이 지나도 여운이란 게 남아있는데, 나 그건 생각지도 못하고 그냥 그리움으로 추억으로만 남아있을 거라고 내가 너무 쉽게 생각했나 봐요. 언젠가는 아물 거라고 그렇게만 생각하고 내가 너무 방심하면서 우습게만 생각했네요. 아무리 독한 감기가 걸려도 약 먹으면 낫는 것처럼 나 너무 쉽게 지우려했네요.

언젠가는 지워지겠죠.

언젠가는 추억으로 남아 가슴 한편으로 보낼 수 있겠죠. 근데 그 시간들이 오래 걸릴 수도 있다는 걸 나 생각하지 못했네요. 그래서 지금 더 아픈가 봐요. 아무 준비도 못하고 있어서요.

158.

　너를 알게 되고 난 단 한 번도 내 마음을 의심하지 않았어!
　다만 이 행복이 깨질까봐 그냥 꿈이 되어 버릴까봐 불
안했을 뿐, 나 한 번도 내 마음을 의심하지 않았어. 당연
히 나에겐 너 하나밖에 없었으니깐. 옆에 있어도 보고 싶
고 그리워지는 사람은 나에겐 너 하나뿐이니깐. 사람이
사람을 만나고 사람이 사람과 이별을 하고 이런 게 다 우
리가 사는 세상살이라 하는데, 지금까지 왜 내겐 웃는 시
간보다 울고 힘들어했던 시간이 더 많게 느껴지는 걸까?
　언제나 말이 많았던 나, 언제나 들어주기 바빴던 너, 그
러던 그 시간들이 지나고 이별을 예감하면서 불안해하
고, 결국은 서로 등을 돌리면 아쉬운 인사말을 한 채 서
로의 갈 길을 가게 되는가봐. 그러면서 나도 모르게 또
다른 사랑을 시작을 준비하려고 하루하루를 아픈 마음을
추스르면서 살아가는 것 같아. 그러다 잘 안되면 늘 남
탓을 하면서. 좁게 느껴지다 넓게 느껴지는 게 세상이고, 짧
지만 길게 느껴지는 게 시간이라더니 그 말이 맞는 것 같아.
　알다가도 알 수 없는 게 인생인 것처럼!

159.

오늘은 나 혼자 조용히 기도를 합니다.

그 사람을 위해서 두 손 모으고 조용히 간절한 내 마음을 기도합니다. 어쩌면 나를 위한 기도일지도 모릅니다. 늘 함께했던 자리에 나 오늘 처음으로 혼자 왔습니다. 언제나 나에게 힘이 되어주던 나 혼자만이 사랑했던 그 사람을 위해 조용히 두 눈을 감았습니다. 그 사람의 행복을 빌었습니다. 그 모습을 보면서 나도 같이 행복했음 좋겠다고 기도를 했습니다. 언젠가는 나도 행복한 사랑을 할 수 있게 해달라고 기도했습니다. 내가 이 만큼 사랑하는데 내가 이 만큼 그리워하는데 그래서 내가 이 만큼 힘들어도 알 수가 없고 전할수도 없는 그런 사랑은 이제 다시는 하지 말자고 오늘도 또 굳은 맘으로 나와 약속합니다.

160.

많은 것을 얻고 많은 걸 배웠습니다. 그리고 그만큼 많은 걸 잃어버리고 많은 걸 내려놓아야 했습니다. 우리네 인생은 다 그렇다고 합니다. 웃는 날이 있으면 울어야 하는 날도 있을 거라고 그런 게 우리네 인생이라고 합니다. 때론 설레이기도 하고 때론 실망도 하면서 사는 게 그런 게 우리네 인생이라고 합니다. 스치듯 지나가는 사람과 우연히 인연이 되고, 좋은 것도 싫은 것도 어쩔 수 없이 받아들여야 하는 게, 그런 게 우리네 인생이라고 합니다.

달콤한 사탕을 먹는 것처럼 행복할 때도 있고, 쓰디쓴 약을 먹는 것처럼 힘들어 지는 게, 그런 게 우리네 인생이라고 합니다. 아무리 아파도 약이 듣지 않을 때도 있는 것처럼, 그런 게 우리네 인생이라고 합니다. 그래도 시간이 지나고 나이를 먹으면 조금은 여유를 가질 수 있는 게 그런 게 우리네 인생이라고 합니다.

161.

왜 이리 불안한 걸까?

아닐 거라고 믿으면서 한쪽 가슴이 왜 이렇게 두근거리는 걸까? 아직 오지도 않은 내일을 걱정하고 내일이 되면 또 다른 내일을 걱정하고 나 이만큼 너를 걱정하고 그 걱정만큼이나 너를 많이 사랑했던 것 같아. 미안하다는 말, 사랑한다는 말, 한 번도 해주지 못하고 보냈는데, 아무리 크게 소리쳐 봐도 넌 들을 수 없다는 걸 알면서도 이곳에 오면 그나마 너의 웃는 사진을 볼 수 있는데, 부르고 또 불러 봐도 대답이 없는 너를 보면서 애써 내 마음을 달래곤 해!

늘 혼자서 한발씩 늦고, 그래서 언제나 뒤에서 아픈 가슴을 달래고, 다시는 놓치지 않을 거라고 다짐을 하고 또 다짐을 해보지만 매번 그 다짐은 소용이 없어지더라구. 나 아무래도 사랑에는 소질이 없는 것 같아. 아무리 많은 소개팅을 해도 늘 너와 비슷한 사람만 찾고 결국 너는 하나 뿐 이란 걸 알게 되지. 난 번번이 그랬던 것 같아. 바보처럼 말야!

 쉽지는 않겠지만 때가 되면 나도 언젠가는 누군가를 만나겠지! 하지만 오랫동안 많이 힘들고 외롭고 허전할 거야. 그 누군가도 너를 대신 할 수 없으니깐. 그래서 나 지금부터 많이 노력해야 할 것 같아. 슬프고 허전하지만 날 바라보고 있는 사람이 있으니깐.

 그 사람을 나처럼 슬프게 놔둘 수는 없으니깐!

162.

널 위해서 내가 할 수 있는 게 무얼까?

너를 위해서라면 나 내가 가진 모든 것을 버릴 수 있을 만큼 너에 대한 내 마음은 무엇으로도 잴 수 없을 만큼 그만큼 큰데, 너 내 이런 마음을 알까? 가끔은 나도 너의 마음이 궁금해 너의 마음속에 내 자리는 얼마나 자리 잡고 있는지 말야. 가끔은 나를 대하는 너의 태도가 애매하기도 하고, 너의 진짜 마음은 어떤 건지 알고는 싶은데 차마 너에게 물어볼 용기는 엄두도 못 내고, 그냥 저만치에 서있는 너를 보고 있을 뿐야.

우리가 인연이라면 언젠가는 서로의 마음을 알겠지. 그 시간이 짧아도 그 시간이 길어도 우리가 인연이라면 언젠가는 만나겠지. 칼날 같은 바람이 불고 비가 억세게 내려서 온몸이 다 젖고 가슴이 아파오고 혼자하기엔 어둡고 두려워도 그래도 너와 나 터널 끝에 가면 저 긴 터널 끝에 가면 서로의 인연을 만날 수 있겠지. 나 이 터널을 걸으면서 저 터널 끝에 내 인연이 너이길 바라고 있어.

내 인연이 너이길!

163.

언제쯤이면 나를 봐줄까?

언제쯤이면 나에게 와줄까? 언제나 기다리는 게 익숙해진 나이지만 너 만큼은 나를 빨리 봐 주었음 좋겠어. 너에게 할 말도 많고 이 짧은 시간 너와 더 오래있고 싶은데, 왜 넌 나를 보지 못하는 걸까? 내가 먼저 너를 떠나야 하는 걸까? 내가 먼저 너를 잊어야 하는 걸까? 서로 안보면 잊어진다 하는데, 내가 먼저 떠나면 나도 널 안보면 정말 잊어지는 걸까? 근데 문제는 내가 너를 잊고 살 자신이 없거든.

조금만 더 조금만 더 하지만 시간이 지날수록 너의 그리움만 커져가고, 눈물은 눈물대로 점점 쌓여가고, 내 마음이 내 사랑이 참 많이 답답해. 너를 보고 있어도 볼 수가 없고, 너와 얘기하고 싶어도 얘기할 수 없고, 살며시라도 너의 손을 잡고 싶지만 잡을 수 없는, 내 마음이 내 자신이 답답하고 바보 같아 보여. 이제와 생각해보니 나 그때 그렇게 뒤돌아서는 게 아니었는데.

164.

서로의 마음은 같았습니다.

서로가 바라는 것도 같았습니다. 지금까지 서로가 원하는 것을 위해서 같이 열심히 걸어오고 힘들면 서로 토닥여주면서 늘 웃어주었습니다. 근데 언제부터인지 서로 조금씩 어긋나기 시작했습니다. 마음은 그렇지 않는데 사소한 말에도 신경을 곤두세우고 무슨 말이든 한마디 한마디가 칼처럼 날카롭기만 했습니다.

내가 바라는 건 이런 게 아닌데, 내가 원한 건 너의 따뜻한 말 한마디 그뿐인데, 나 역시도 너에게 따뜻한 말 한마디 건네주면 되는 것을 왜 계속 머뭇거려야 했는지 모르겠습니다. 지금 이렇게 널 보내고 나면 뒤에서 혼자 울고 있을 텐데. 그러면서도 지금 이렇게 널 두고서 뒤돌아서고 나 혼자 아픈 가슴 부여잡고서 후회를 합니다. 너와 나 서로 인연이라고, 이건 운명이라고 말했던 거, 너 설마 잊지는 않았겠지요!

평생 끊어지지 않을 거라고 믿었던 인연이라는 끈도 끊

어질 때가 있다는 걸 나 모르면서 살아왔습니다. 그래서 더 아플지도 모르겠네요.

넌 알고 있었던 걸까요?

그래서 그리도 나에게 모질게 대했던 걸까요? 그래도 나 믿었습니다. 우리의 끈은 절대 끊어지지 않는다는 걸요. 근데 나도 이제 이 끈을 놓아야 할 것 같아요. 인연이란 거 한번 맺기는 어려워도 한번에 끊어지는 건 정말 쉽네요. 난 생각도 못하고 너처럼 아무 준비도 못했는데 말이죠.

165.

나에게 사랑이란 무얼까?

만나고 헤어질 땐 아쉬워하면서 내일은 기다리는 설렘입니다.

나에게 추억이란 무얼까?

하루가 끝날 때면 설렘 속에서 내일을 기다렸던 시간들입니다.

나에게 이별이란 무얼까?

설렘 속에서 보냈던 시간들을 되짚으면서 하나씩 하나씩 지워가야만 하고 그래서 매일매일 한번 씩은 울어야 하는 시간들입니다. 하나를 생각하면 또 하나를 생각해야하고 또 하나를 잊으려 하면 또다시 또 하나를 잊어야 합니다. 만나고 헤어지는 것처럼 새로이 만들게 있으면 묵은 건 잊어야 하는 것도 있나봅니다.

사람들이 흔히 말하는 우리의 인생은 매번 수없이 많은

일들의 시작과 반복이라고 하더군요. 웃는 날이 있으면 우는 날도 있고, 쉬운 날이 있으면 어려운 날도 있고, 즐거운 일이 있으면 힘든 일도 있는 것처럼 다 우리가 겪어야하나 봅니다. 그렇게 시간이 흘러가면서 나이를 먹게 되고 많은 걸 겪는 것처럼 조금은 수월하게 받아들여야 하나 봐요. 언제나 같을 수는 없지만 언제나 힘들지만은 않겠죠.

　산다는 건 다 그런 거 같습니다!

166.

내겐 아무것도 없습니다.

그냥 작은 마음 하나 간직하고 있을 뿐 다른 건 아무것도 없습니다. 그래서 가끔은 혼자서 외로이 울 때도 있습니다. 내 작은 마음 하나 지키기에도 난 너무 힘이 듭니다. 아무것도 없다는 것이 혼자 남아있어야 하는 게 이렇게 슬픈 일인지 몰랐습니다. 나 아무것도 가진 게 없어서 아무 감정도 남아있지 않다고 생각했습니다.

근데 마음이 너무 아픈 거 같아요.

그리고 자꾸 눈물도 나네요. 나 이제 갈 곳도 없고, 남아있는 것도 없고, 갈 길을 잊어 버렸는데, 나 누굴 위해서 누굴 기다리기에 여기 이렇게 서있는 걸까요? 내가 서있는 이곳이 그저 낯설기만 한데도 나 여기서 더 이상은 움직일 수가 없네요. 아마도 나 누구든 내게 말을 걸어주길 기다리고 있나 봐요. 이제 혼자서는 더 이상 움직일 수가 없거든요.

얼마나 더 언제까지 더 여기서 멍하니 서 있을 수는 없
는데, 내가 더 아픈 이유는 내 가슴이 더 쓰린 이유는 그
런데도 불구하고 내게 말을 걸어주고 내 손을 잡고 나를
안아주고 달래줄 사람이 없다는 거예요. 이렇게 슬픈데
도 이렇게 울고 멍하니 서 있는데도 내 머리를 쓰다듬고
내가 기댈 수 있게 내 옆에서 있어줄 사람이 없다는 게
날 더 슬프게 하네요.

167.

많은 것들이 한꺼번에 지나갔습니다.

내가 잡기도 전에 내가 물어보기도 전에 순식간에 많은 것들이 지나가버렸습니다. 내가 너무 꾸물거리고 있었나 봅니다. 내가 너무 편하게만 생각하고 있었나 봅니다. 그동안 쌓아왔던 모든 것들이 내게 말 한마디 안 해주고 내가 잠깐 눈감고 있는 사이에 홀연히 사라져 버리고 말았습니다.

또다시 혼자가 되었습니다.

또다시 외로워졌습니다. 많은 시간을 함께 했던 만큼 많은 시간을 혼자 달래야하는데, 나 벌써부터 지쳐가고 있네요. 이제 나 혼자인 게 싫은가 봅니다. 이제 나 외로운 게 싫은가 봅니다. 언제쯤 나를 가두고 있는 이 방에서 나갈 수 있을까요? 나 실은 아무것도 모릅니다. 나 실은 아무것도 알고 싶지 않습니다. 혼자 아파하기 싫습니다. 혼자 우는 것도 싫습니다. 이제 여기서 그만하고 싶습니다. 이제 여기서 그만 멈추고 싶습니다.

168.

내 이름 석자 당신이 불러주면 그냥 좋았습니다.

당신 이름 석자 생각하면 생각할수록 그냥 좋았습니다. 그런데 나 가끔 당신 때문에 너무 아픕니다. 넌 아직 어리다고 말하는 당신 때문에 너무 아픕니다. 나 당신이 생각한 것만큼 그리 어리지 않은데, 당신 눈에만 왜 어리게 보이는 걸까요?

사랑이 뭔지 이별이 뭔지 나도 다 알고 있는데, 당신 눈에는 이런 내가 보이지 않나 봐요! 단지 내가 자신 없는 건, 이런 내 마음을 말할 수도 없고, 이 모든 걸 추억으로 그리움으로 담아두기엔 내 작은 마음이 너무 버거울 뿐이에요.

혹시나 이런 내 마음을 당신도 알고 있는 걸까요? 그래서 언제나 나를 어리다고 하는 걸까요? 근데 왜 당신은 이런 날 봐주지 않는 걸까요? 당신에게 기대고 싶고, 당신 그늘에서 앉아있고 싶은데, 왜 자꾸 내게서 멀어져만 가는 걸까요? 당신 한번쯤 뒤를 돌아봐줄 수는 없는 걸까요? 나 오늘도 내 맘이 언젠가는 당신에게 보여지길 바라면서 조용히 잠을 청해봅니다.

169.

　나에겐 아무에게도 말하지 못했던 오래된 얘기들이 있습니다.

　가슴속 깊은 곳에 숨겨두었던 얘기들이 있습니다. 지우고 싶어도 잊고 싶어도 내 맘처럼 쉽지 않은 얘기들이 있습니다. 비오는 날 더 많이 생각나고 쉽게 아물지 않는 상처처럼 그런 얘기들이 있습니다. 내가 누구인지 내가 얼마나 약한 아이인지 다시금 알게 해주는 그런 얘기들이 있습니다.

　나 지금 혹독한 재활훈련을 하고 있는 것처럼 나 혼자 일어설 수 있다고 말라서 갈라져버린 내 입술을 깨물어 봅니다. 때로는 웃음이 나기도하고 때로는 눈물도 나게 하고 아무에게도 말할 수 없는 그런 가슴 아픈 얘기들이 있습니다.

170.

잠이 옵니다.

자면 안 되는데 자꾸만 눈이 무거워지면서 눈이 감깁니다. 정신은 아주 또렷한데 자꾸만 눈이 감겨옵니다. 할 말이 아주 많이 남았는데 무거워진 눈처럼 말도 제대로 할 수가 없네요. 고맙다는 말도 해야 하고, 미안하다는 말도 해야 하고, 당신 때문에 행복했다는 말도 해야 하는데, 내 입에서는 나오지가 않네요. 내게 서운한 게 있다면 모두 다 내 잘못이니깐 그냥 훌훌 털어버리고 좋은 기억만 간직하라고 말해줘야 되는데, 나한테 너 같은 친구가 있어서 다행이었다고 말해 줘야하는데, 그 말하기가 너무 힘이 드네요.

나만이 너를 기억하고 좋은 추억 만들었으니 난 그걸로도 충분하니깐, 너가 다른 사람 만나 행복하다면 난 이제 잊어도 된다고, 이 말은 꼭 해주고 싶고 해야만 하는데 점점 더 눈이 무거워지네요. 나 조금만 버틸 수 있게 해달라고 너에게 하지 못한 말 편지라도 쓰게 조금만 버틸 수 있게 해달라고 처음이자 마지막으로 기도해 봅니다.
글씨는 영 엉망이지만 그래도 마지막으로 써야할 인사를
있는 힘을 다해서 써 봅니다.

　안녕.
　나 이제 진짜 자야할 것 같아요. 더는 버틸 힘이 없어
눈이 감기네요.
　마음속으로 마지막 인사를 합니다.

　안녕! 안녕! 내 사랑…… 안녕!